伏羲创世

汪渺 著

敦煌文艺出版社

图书在版编目（ＣＩＰ）数据

伏羲创世 / 汪渺著． -- 兰州 ： 敦煌文艺出版社，2023.6
ISBN 978-7-5468-2367-6

Ⅰ．①伏… Ⅱ．①汪… Ⅲ．①诗集－中国－当代 Ⅳ．① I227

中国版本图书馆 CIP 数据核字（2023）第 096318 号

伏羲创世

汪 渺 著

责任编辑：杨继军
装帧设计：马吉庆

敦煌文艺出版社出版、发行

地址：（730030）兰州市城关区曹家巷 1 号新闻出版大厦

邮箱：dunhuangwenyi1958@163.com

0931-2131536（编辑部）

0931-2131387（发行部）

山东新华印务有限公司印刷

开本　880 毫米 ×1230 毫米　1/32　　印张 9.5　　字数 110 千

2023 年 6 月第 1 版　　2023 年 6 月第 1 次印刷

印数　1 ~ 6 000 册

ISBN 978-7-5468-2367-6

定价：68.00 元

作者简介

汪渺，甘肃天水人。

长诗代表作：《伏羲创世》《白马史诗》

短诗代表作：《土地疼出了泡》《变只蚂蚁就好了》

汪渺自画像

头发虽曲，心肠却直。左眼阅世，右眼觅诗。舌头，偶尔跑到牙齿外，说句怪话。惜金钱如手足，视挚友为肝胆。君子气不多，还有三分，剩下的全是驴脾气。骨头，虽被岁月磨损，但还能做根针，拨亮心灯。

目 录

序　曲

创世的第一滴圣水，
落足的地方，叫天水。
我们仰望的灿烂星辰，
是圣水映在天空的面容。
大地湾出土的陶罐上，
闪烁着远古人类文明的辉煌！

开天的第一篇诗章，
起笔的地方，叫天水。
肇启文明的悠悠渭水，
是伏羲指间流出的智慧。
在这片神奇的土地上，
一脚会踩出八千年前的太阳！

第一章　第一滴圣水落足的地方，叫天水

……华胥，履大人迹于雷泽，而生庖牺（伏羲）于成纪（天水）。

——唐·司马贞《三皇本纪》

一

珠儿问道：

"爸爸，虽然我年幼无知，
但知道我们不能凭空站立，
是什么将我们坚实地托起？

"那笑得非常可爱，
闻起来香喷喷的，
该怎么称呼？"

伏羲答道：

"珠儿，我的宝贝女儿，

甘愿卑微地躺下躯体，

将我们毫无怨言托起来的，

只有仁慈的大地母亲。

即使我们背叛了她亵渎了她，

她仍会以博大的胸怀将我们接纳。"

"那笑容让我们眼睛一亮，

芳香让我们的毛孔都醉了的，叫花朵；

那长了一双翅膀会飞的花，

是花朵调皮的妹妹，叫蝴蝶。"

珠儿问道：

"妈妈，我们仰头看见却永远看不到底，

蓝莹莹的，叫什么？

"那照耀大地，普照万物，

温暖我们的，该怎么称呼？"

女娲答道：

"女儿，那蓝莹莹悬在我们头顶，

让我们永远神往的，叫天空。

"那照亮天地，无私洒下灿烂光芒，
映到水里红莲一样艳丽的，叫太阳。"

二

珠儿问道：
"那圆圆亮亮，
给我们光亮的，叫什么？

"那亮晶晶，
滑落时拖着长长尾巴的，怎么称呼？"

伏羲答道：
"那又圆又亮的，
是夜空给我们掏出的，
一颗圣洁的心，叫月亮。"

"那亮晶晶的，
是夜空心爱的珍珠，叫星星；
它拖着光明的尾巴滑落时，
就成了流星。"

珠儿问道：

"妈妈，那月亮洒下来的，

像你的目光一样温柔的，叫什么？"

女娲答道：

"那是月亮洒下来的柔情，

它的名字叫月光。

月光洒到哪儿，

哪儿就有一片温馨。"

三

珠儿问道：

"那一会儿在天空飞来飞去，

一会儿在树林中唱歌的，叫什么？

"还有那只头上顶着一朵花的，

它的叫声多么有力量，

喔喔一叫，就牵出来了太阳。"

伏羲答道：

"那飞翔于天空歌声悦耳的，叫小鸟，

它一生都在追求自由。"

"那叫出太阳的，是雄鸡，
它头上顶着的花，叫鸡冠。"

珠儿问道：
"妈妈，那从土里钻出来，
细细的、绿绿的，散发着清香的，
是不是大地的毛发？"

"还有，我们看不见，
但能将你的头发吹起，
让它乱舞的叫什么？"

女娲答道：
"那就是大地的毛发，
它的名字，叫小草。
小草头顶悬挂的，
清亮清亮的，叫露珠。
露珠，是星星留在小草上的吻。

"那来无影，去无踪，

吹起我头发的，叫风。

它非常淘气，一会儿在草上跑，

一会儿在空中飞。"

四

珠儿问道：

"一会儿将太阳含进嘴里，

一会儿将太阳吐出来的，那叫什么？"

伏羲答道：

"那叫白云。

它一会儿似盛开的白莲，

一会儿似洁白的绵羊，变化不定。"

珠儿问道：

"那大的云朵落在地上，

是不是就成了羊？

那小的云朵落在地上，

是不是就成了小白兔？"

女娲表扬道：

"可爱的女儿，你的想象多么丰富！
这样想象下去，会变得更加聪明。"

五

珠儿问道：
"那昼夜不停地向前奔流，
永不回头的，叫什么？
多么奇妙啊，
它的身体里还有不少生命，游来游去。"

伏羲答道：
"别看它波涛滚滚，
它是由一滴滴水珠积聚而成，
它的名字叫河流。
水是滋润大地的血液，
没有它，大地就会失去生机。

"那在河流中游动的生命，
叫鱼儿，它们是河流可爱的儿女。
鱼儿离开河流，生命就会消亡，
河流离开鱼儿就会冷清孤寂。"

珠儿问道：

"有的季节小草钻出地面，

有的季节荷花在水中笑红了脸，

有的季节果实压弯了树枝，

有的季节冰雪覆盖了原野，

那景色不同的四个季节，

分别怎么称呼？"

女娲答道：

"她们分别叫春、夏、秋、冬。

春天穿着一双神奇的鞋子，

走到哪儿，给哪儿留下五颜六色；

夏天有一副热心肠，

万物都在她的关心中蓬勃生长；

秋天是实实在在的慈母，

用累累果实表达着对我们的爱；

冬天的情意最深沉，

送来的雪，来年春天会化成花朵。"

六

珠儿问道：

"那群相貌和我们差不多，

在树上行走如飞的，说是猴子。

爱望着天空思考，

在大地上直立行走的我们，

该怎么称呼？

"大地上生出的小草，

我们能看得见它的颜色，

也能嗅到它的香味，

而我们头脑里生出的一些想法，

既看不到又摸不着，

它到底有没有意义？"

伏羲微笑道：

"太阳月亮为何高挂在天空？

果实为何不能久悬在枝头？

河流来自何方又流向何处？

我们从哪儿来又到哪儿去？

我们对一切充满了好奇，

不停地追问而且会永远追问下去，

我们是追求智慧追求真理的人！

"我们头脑里生出的想法，叫思想。

我们缺少思想的火花，

便如同缺少太阳的天地，

会陷入茫茫无际的黑暗。

照亮天地的是灿烂的太阳，

照亮我们的是闪光的思想。"

珠儿问道：

"妈妈，我从哪儿来？

为什么我的名字叫珠儿？

"为什么我眉心，

还有一个圆圆的小红记？"

女娲答道：

"你爸把心掏出来，我把心掏出来，

你爸的一双手，还有我的一双手，

将这两颗心揉在一起，

才捏成了一个你。

在我们心里，你比眼珠子还珍贵，

于是给你起了个名字，叫珠儿。

"你来到人世的那一天，

太阳赶来为你祝福。

你那美丽的红记，

就是太阳留下的，甜甜的吻。"

珠儿说道：

"那夜空中的星星，

应是月亮妈妈用自己的心，

捏成的孩子；

那大地上的花草树木，

还有那些飞禽走兽，

该是大地妈妈用自己的心，

捏成的儿女吧！"

女娲夸赞道：

"女儿，你真聪明，

天地间的一切生命，

都是父母用自己的心捏成。

"你一来到尘世，

天地就准备好了温暖你的太阳，

滋养你的滴滴水珠，

延续你生命的累累果实。

"我们要怀揣一颗赤心，
回报天地对我们的大爱。
一个人，若失去了爱心，
就不配在天地间行走，
也不配在土地的怀里安息。"

七

珠儿问道：
"它，多么神奇，
在水里游走如鱼，
在草地行走如飞，
冬天钻进洞穴不吃不喝又饿不死，
它叫什么名字？"

伏羲答道：
"它是山林中的灵物，叫蛇。
蛇有异常顽强的生命力，
也是我们蛇部落的图腾，
有朝一日，它会成为飞龙！"

珠儿问道：

"这一条清得能看见游鱼的河流，

是不是应叫清水河？

这片让河流拐了一个弯儿的土地，

是不是该叫大地湾？

"那名叫马蹄莲的花，

是不是马留在大地上的蹄印，

在雨水的滋润中，

发出的芽，开出的花？"

女娲笑道：

"孩子，你不光学会了给万物命名，

还对万物赋予了新意，

这样思考下去，你会越来越聪慧。"

珠儿问道：

"该怎么称呼，咱们出生的，

这片亲切而又美丽的大地？"

伏羲答道：

"咱们出生的这片大地，

是创世的第一滴圣水，
落足的地方，叫天水。

"我们仰望的星星，
是滴滴圣水，映在天空的面容。"

第二章　爱的火焰，将内心照亮

伏羲制嫁娶，以俪皮为礼。

——三国·谯周《古史考》

一

大地湾原野，清水河河畔，
欲火中烧的男人狂追，
女人尖叫着疯跑，
风中飘起黑烟似的长发。

原始的情欲，野蛮，
像疯长的野草一样蔓延。
孩子生下来不知道谁是他的父亲，
一生都享受不到一点点父爱。
孩子夭折了，只有他的妈妈号啕大哭，
没有一个男人真正陪着她掉泪。

缺少爱维系的人们，
只要牙齿松动，头发稀疏，
打不来一只兔子捉不来一只山鸡，
便会跌入黑暗的坟墓，
没有片刻温馨的黄昏。

面对洪荒野蛮的生活，
伏羲和女娲思索着，
怎样引导人类从蒙昧中走出来。

二

清凌凌的清水河里，
开满了会唱歌的白菊；
弯弯曲曲的两岸，
长满了翠绿的葫芦。

身着鹿皮短裙的女娲，
腰如蛇一样柔美；
胸前戴着一枚鸡心石，
闪着朱红色的光泽；
长发像风中的细柳；

一双黑黝黝的眼睛，

含着月光的温柔；

桃花留下的香吻，

成了嘴唇；

浅浅的微笑，

似含苞待放的花朵，

让人恨不能变成蜜蜂，醉在其中。

身着豹皮短袍的伏羲，

挺拔有力的身体，

能扛起一座青山；

一头披下来的长发，

似夜色浓缩而成；

浓眉下面的一双眼睛，

炯炯有神，含着太阳的热情；

挺直的鼻梁，

傲然如峰；

一双有力的大手，

能托起下沉的太阳……

女娲和伏羲，漫步在河畔，

风传送着两人的情语。

女娲说：

"羲，那次我们几个人上山找食物，

碰见了一只猛虎，向我扑来的瞬间，

是你冲上前，与它搏斗。

没想到赤手空拳的你，

打死了那只凶恶的老虎。

非你相救，我早成了猛虎的一口肉，

我欠你的，一生无法偿还。"

伏羲说：

"娲，我害了一场大病，

昏迷了五六天，是你上山采来草药，

一点一点榨出它的汁液，榨了三葫芦，

给我喂着喝了，我才活了过来。

没有你的精心照料，

我的血肉之躯早化成了尘土，

我欠你的，照样一生无法偿还。"

女娲说：

"羲，几年前，你吻了我的额头，

额头有了一种开花的幸福；

你吻了我的嘴唇，

我吃黄连都是甜的；

你送的俪皮，披在身上，

如披上了一身温暖的春光。"

伏羲说：

"和你在一起，时光都带着蜜，

可时光也嫉妒了似的，流逝得飞快。

人生太短暂，还不够爱一个人，

一生一世，我只爱你，

爱了此世还要爱来世。"

女娲说：

"羲，我给你的不过是一颗星星，

而你给我的是整个星空；

我给你的不过是一棵小草，

而你给我的是一片草原。

被你深深爱着，

我感到自己成了蜜做的女人。"

伏羲说：

"追到太阳的人，不一定能追到爱情，

追到爱情的我，内心狂跳不已！

被一个女人真正爱上，

是整个天地爱上了你。

那么我的爱，更要真诚，

因为我不仅代表我自己，

还要代表整个天地，爱你！"

女娲说：

"你一旦在乎我，

感到整个天地也在乎我了，

我的生命也变得异常珍贵。

爱，多么神奇！"

伏羲说：

"只有天空的胸怀，才配拥有太阳；

只有滚烫的心，才配拥有爱情。

爱是神圣的，失去了爱，

人的生命会失去色彩。

我们要让人类懂得爱，

让爱引领着人类走向光明的未来。"

他俩的甜言蜜语，让几棵枯树，

探出了黑色的耳朵，倾听。

林中鸟儿热情的歌声，
惹得女娲伏羲放开嗓子对唱起来。

"太阳有没有爱人？
谁是它的爱人？"
"太阳有爱人，
月亮是它的爱人。"

"蝴蝶有没有爱人？
谁是它的爱人？"
"蝴蝶有爱人，
花儿是它的爱人。"

"河流有没有爱人？
谁是它的爱人？"
"河流有爱人，
河岸是它的爱人。"

"女娲有没有爱人？
谁是她的爱人？"
"女娲有爱人，
伏羲是她的爱人。"

"香从花上来，
爱从哪儿来？"
"香从花上来，
爱从心中来。"

蜜蜂听了他俩的情歌，
才学会了酿蜜。
葫芦的肚子里，
蓄满了爱的籽粒。

三

充满生机的大地，
喷出的绿色激情，
久久没有退潮，
便成了连绵起伏的青山。

仁慈的大地，
将自己的好心情，
化成朵朵雪白的浪花，
从大地湾欢快地流过。

清水河两岸的几台高地上，

坐落着一些大大小小的草房子，

住着伏羲、女娲及其族人。

搭起草房子的木头，生出绿芽，

好像要让草房子长到天空。

每座草房子，充满热情，

用草的清香将人迎接。

睡觉的地方，铺着兽皮，

躺在上面，透过房顶的缝隙，

看见星星眨巴着眼睛。

顽皮的风，不时从草房子的缝隙钻进来，

取一会儿暖，才离开。

清水河南面部落的东边，

竖立的一根高杆上，挂着一张鹿皮，

上面画着一条黄灿灿的蛇，

那便是蛇部落高扬的大旗。

蛇，居住在洞穴里，不吃不喝，

能度过一个漫长的冬天。

在蛇部落人的心目中，

蛇为灵物，从来不伤它。

即使蛇挡住了路，

人们也会绕着走，从不冒犯。

蛇的毒性，人也惧怕，

因惧怕而生敬畏。

人们认为，蛇修炼成精飞上天空，

便成了劈开乌云的闪电。

在蛇旗下，人们一点也不敢撒野。

冒失的黑熊在它下边吐了一口痰，

嘴巴喉咙肿了三天三夜，

疼得连水也难以下咽。

他在蛇旗下跪了一天一夜，

疼肿才消散。

一个女人，食指指了一下蛇图腾，

那根指头疼了多半年……

伏羲女娲住的草房子，

在蛇旗的西边，

离蛇旗不远，

一抬头，就能看见。

女娲在草房子前，

将泥巴不停地摔打、揉搓，

脸上热出了滴滴汗珠，

犹如桃花上落了春雨。

穿着鹿皮短裙的珠儿，

机灵得如同小鹿。

珠儿问：

"妈妈，你用泥要做什么？"

女娲说：

"我要捏泥人。"

珠儿说：

"赶快捏吧。"

女娲说：

"不能急，只有揉好了，

捏出的泥人才有筋骨。"

揉好泥，女娲捏成泥人。

珠儿惊讶地说：

"妈妈，你为什么能将一团泥，

捏得那么像我，简直是你生出来的，

有什么秘密？"

女娲说：

"妈妈捏泥人时，用心捏，

将自己的生命也捏了进去，
这就是捏好泥人的秘密。"

四

多年前，一个美丽的女子，
去雷泽游玩，发现了一个大脚印，
出于好奇，她踩在上面，
顿时红光罩身，感应受孕。
怀胎十二年，生下了一个男孩。
男孩一出生，就睁开了眼睛，
对陌生的世界充满好奇。
他左臂上有个白色胎记，
形状如同一条小蛇，
又像一道弯曲的小闪电。
人们联想到天空的雷电，
认为他是雷神之子。

那女子就是华胥，
生下的男孩就是伏羲。
伏羲百天就会说话，
三岁时能上树摘果，

六岁时能追上兔子，

九岁时能打狼，

十二岁时能伏虎，

长大后成了蛇部落的首领。

人人都叫他"伏羲"，

语气中有三分亲昵，七分敬重。

伏羲将大家召集在大旗下面，

拜了拜蛇图腾，说：

"有一团火焰，叫爱，

能将人的内心照亮。

一个女人爱一个男人，

是代表天地爱一个男人；

一个男人爱一个女人，

也是代表天地爱一个女人，

所以，爱是神圣的，不能亵渎。

在图腾下，我定个规矩：

男人向女人求婚时，

就要向她献两张鹿皮，

表达对女人的爱。

爱是付出，不是索取。

不管是谁，违反了这规矩，

打他二十棍，逐出大地湾。”

女娲说：
"女人接纳了鹿皮，
两人才能走到一起；
如果女人谢绝了，
男人就不能强行占娶。
爱是神圣的，谁不尊重，
谁就不配在大地上站立！"

伏羲和女娲携手并肩传播着爱，
人人心中有了爱的火焰。
被爱的火焰照亮的男男女女，
觉得那些普普通通的石头，
闪着奇珍异宝的光泽；
月光下婆娑的树影，
像仙女的倩影一样美丽；
心头上一块痛苦的冰，
化成了温情脉脉的流水。

男人抱着心爱的女人，
如同抱着一团春光做的云；

被爱的春风吹醉了的女人，

每个毛孔里春意融融；

两只红舌架成一座虹桥，

虹桥之下，流淌着含蜜的春水，

虹桥之上，灵魂化为蝴蝶翩翩飞……

这一切难言的幸福源自于爱，

爱为朴素的生活涂上了色彩。

五

一对抱着娃娃的夫妻，找到女娲，

跪在她面前，说：

"我们夫妻多年没孩子，

求了您的一对泥娃娃，

吃了您送的几种草药，

才生下了一对可爱的孩子。

我们在山上打了两只兔子，

给您送来，算我们的一点心意，

请您不要嫌弃！"

女娲和蔼地说：

"起来，不要跪疼了膝盖。
你们的心意我领了，
礼物拿回去，给女人补补身子，
娃娃正需要奶汁。"

无数怀不上孩子焦虑的女人，
叫天天不应，求地地不灵，
而在女娲那儿求个泥娃娃，
再吃下她送的菟丝子等草药，
平静的肚子里便有了胎动。
滞留在子宫中的小顽皮，
折腾得妈妈疼痛不已，
被女娲一招手就乖乖地溜了出来。
生下来没有一丝活气的婴儿，
被女娲轻轻一吹便有了呼吸。
人们，都尊称女娲为娘娘。
她成了人们心目中的女神。

爱的果实"哇哇"落地了，
在男人眼里，
孩子成了自己精血育出的精灵，
女人成了心尖上的甘露。

孩子，在猎狗的护送下，

披着夜色提回一葫芦河水，

告诉父母捉来了无数星星。

六

他唧唧一叫，会叫来一群白鹭；

他喳喳一叫，会惹来一群麻雀；

他嘎嘎一叫，会唤来一群乌鸦。

他会各种鸟叫，他的名字叫鸟人儿。

他额头有一个红记，

像一只飞翔的小鸟；

四肢修长，行动敏捷如燕；

头上缠着一圈草绳，

草绳与头皮之间插着几根野鸡翎。

他不时将鹰翅绑于双臂，

扇动着练习飞翔。

他梦想成为一只飞鸟：

冷了，就飞向太阳；

热了，就飞进月亮；

渴了，就喝天河水；

饿了，就捡星星充饥；
困了，就睡在云里。

哗啦啦的清水河，
流到拐弯处，放慢了步履，
几乎看不见它在流动。
静静的河边，珠儿和好泥，
看着鸟人儿的模样，捏泥人。
泥人捏成后，珠儿问：
"鸟人儿，你看，
我捏的泥人像不像你？"

鸟人儿欣赏了一会儿，说：
"女娲娘娘捏什么像什么，
你的手和她的手一样巧，
把我捏活了。"

鸟人儿摘了一朵花，
插在珠儿的头发上，说：
"你头上插朵花，
漂亮极了，像个小仙女。"

鸟人儿的手又伸向一朵花，

珠儿制止道：

"送一朵就够了，别摘了。

那朵花开得正俊，

我不忍心让它失去生命。

再说，大地上少一朵花，

一只蜜蜂就要挨饿。"

鸟人儿说：

"珠儿，你太善良了，

对一朵小花，一只小蜜蜂，

竟如此爱惜！"

珠儿说：

"爸爸妈妈告诉我，

我们要爱惜天地间的一草一木。"

"珠儿，你真可爱，

等我长大，给你送两张鹿皮，

娶你做妻子。

河水里有颗太阳，

我要捉来，献给你。"

鸟人儿说完话，

扑通一声跳进河，

碧绿的河水溅起朵朵雪白。

鸟人儿在河里游了一会儿，

刚爬上岸，一只灰狼朝他冲来，

吓得他脸色苍白，闭上了眼睛，

绝望地等待着血淋淋的死亡。

这时，在河边散步的伏羲，

忙冲上去，护在鸟人儿前面，

一脚将扑来的灰狼踢翻。

狼在地上滚了三滚，

站起来，嗥叫一声，

露出锋利的獠牙，朝伏羲扑去。

伏羲一躲闪，狼扑空了，

伏羲顺势攥住狼的后腿，

将狼在空中抡来抡去。

最后，向河边的淤泥摔去，

狼头栽进淤泥，他上前踩住狼脖子，

没一会儿，狼的后腿蹬了两下，

便一命呜呼……

七

珠儿看着一群蚂蚁玩，
天空突然落下雨珠，
打得它们四处乱逃。
她忙摘来一片荷叶，
为蚂蚁打起绿伞，
而忘了自己被雨淋。

鸟人儿走过来，
弯下腰，为珠儿挡雨。
蹲在地上的珠儿扭头看到，
鸟人儿用身体护着自己，
她的眼睛闪出感激的光芒：
有你真好！

鸟人儿读懂了珠儿眼睛说出的话，
心上开出了一朵花。

太阳，从云缝里挤出来，
挤走了乌云，挤走了雨，
留下了白云，留下了蓝天。

一只小麻雀，落在草地上，
扇着翅膀飞不了多高，
落下来，叽叽喳喳地叫着，
好像焦急地喊妈妈快来帮忙。
鸟人儿将它捉住，
它的翅膀扇动着想挣脱，
鸟人儿对它叽叽喳喳了一会儿，
它才安静了下来，
并与鸟人儿叽叽喳喳说话。

鸟人儿对珠儿说：
"我对小麻雀说，
我叫鸟人儿，是鸟儿的朋友，
不会伤害你，请不要害怕。
这个是珠儿，她的心是水做的，
更不会伤害你。
小麻雀说妈妈给它觅食去了，
它飞出鸟巢，想练习飞翔，
没想到翅膀太软，飞不了多高，
请我将它送回鸟窝。
我答应了，马上送它回家，
而它说想和我们玩一会儿，

等妈妈来了，再把它送回去。
珠儿，它的家不远，
你看，就在那棵树上。"

珠儿赞叹道：
"鸟人儿，你真了不起，
不但能听懂鸟儿的话，
还会说鸟语！"

可爱的小麻雀，
一会儿飞在珠儿手上，
一会儿飞在鸟人儿手上，
一会儿飞在珠儿头上，
一会儿飞在鸟人儿头上，
逗得他俩笑个不停……

八

蛇旗，附着祖先的灵魂似的，
威严地俯视着大家。
伏羲挺直地站在旗下面，
手握长棍，一脸严肃，

俨然一位威武的护旗手。

黑熊，皮肤黑，身壮如熊，

胳膊比一般人的腿粗，

一个人抵得上两头牛的力量。

他跪在伏羲面前，哀求道：

"伏羲，您饶了我吧，

我这是第一次犯错误。

过几天，我给那女人送两张鹿皮。

让我多挨几棍也行，可不要将我驱逐，

我不愿离开大家，也不愿离开大地湾。"

伏羲说：

"就在图腾下，我说过，

男人向女人求婚，

要向她献两张鹿皮。

不管是谁，违反了这规矩，

打二十棍棒后，逐出大地湾。

可你将我的话当成耳边风，

凭着一身蛮力，就想得到女人，

我替你害臊。

我口里说出的每一句话，

都是往山下滚的石头，不能收回！"

头发花白的老巫师，

穿着陈旧的狐皮坎肩，

黧黑的脸上，皱纹纵横交错，

一双黝黑的眼睛，闪着神秘的光芒。

他上通神灵，会观天象，也会解梦，

在部落里很有威信。

半月前的一天，

黑熊领着几个人要上山打猎，

老巫师说天象不好，

别出门了，要下大雨。

黑熊认为天空没一朵乌云，

哪儿来的雨，他偏不信。

黑熊他们上山不久，

没想到下起了大雨，个个成了落汤鸡。

黑熊问老巫师咋知道下雨的事，

老巫师摸了摸胡子，

说天上的早霞告诉他的。

多年前，女娲梦见一朵鲜花，

飞入怀中。

她请老巫师解梦，老巫师说，

那是好兆头，预示她有了身孕，

会生下仙女一样的姑娘。

不到十个月，女娲果真生下了珠儿。

老巫师替黑熊求情道：

"伏羲，您记得不？

去年一天，珠儿在河边玩，

一只恶狼向她扑去，

在她生命遇到危险的瞬间，

黑熊勇敢地冲上去，

与狼来了一场生死大战。

黑熊虽然凭着一身力气，打死了狼，

可狼也咬下了他大腿上的一片肉，

流了那么多的血。

看在他救珠儿的分上，

您就饶他一次吧！"

伏羲说：

"为了从狼口里救珠儿，

黑熊差点丢了性命，我怎能忘记？

可让我将自己说出的话，

再咽进去，这是逼着我咽荆棘！"

鸟人儿、珠儿，抱着伏羲的腿，

为黑熊求饶，而伏羲说：

"你们还小，不懂事，

大人的事不要参与。"

女娲见伏羲不肯松口，便生气地说：

"伏羲，知道你吐出的一句话，

能将土地砸一个深坑。

珠儿，是我身上掉下的肉，

你不心疼她的恩人我还心疼。

我代黑熊受罚，

你将我打二十棍，逐出部落，

只要能让他留下来。"

伏羲口气生硬地说：

"狗犯下的错，不能惩罚猪。

谁犯下的惩罚谁，这是天理！"

女娲不满地说：

"冰块也不会说出如此冷森森的话，

你说出的话，让我心寒。

黑熊第一次犯错误，

你就想将他一棍子打死，
我看你的气量还是狭窄！"

伏羲一瞪眼，气呼呼地说：
"咋说这样的话，
闭上你愚蠢的嘴巴！

女娲宁愿挨一顿打，
也不愿遭受这样的辱骂。

伏羲知道伤了女娲的自尊，
就再也没有吭气。
黑熊见两人为自己伤了和气，忙说：
"伏羲，您对我的好我记着，
娘娘，您对我的恩情我也永世不忘。
你俩别争了，怪我不好，
违犯了规矩，情愿受罚。"

九

黑熊趴在地上，等着挨打。
伏羲扬了扬手里的棍，说：

"谁想从我手里接过棍，惩罚他？"

大家都成了秋天的狗尾草穗子，

纷纷低下了头。

伏羲扫视了大家一眼，冷笑道：

"都想装好人，那恶人我来当。

这棍维护的是规矩，

谁想不通谁就是糊涂虫！"

伏羲抡起棍，准备打黑熊时，

珠儿站出来，说：

"爸爸，您立下的规矩，

我来维护，请将棍给我。"

伏羲看着珠儿，说：

"你还小，还没我手里的棍长。"

珠儿说：

"大狗是狗，小狗也是狗；

大羊是羊，小羊也是羊；

大人是人，小人也是人。

别看我手小，

您手里的长棍我也能举起！"

听了珠儿的话，

大家都小声夸奖这孩子了不得。
伏羲也暗暗一惊，
将棍双手交到珠儿手里。

珠儿举起棍，朝黑熊的屁股打下去，
边打边说：
　"黑熊哥，都怪你不听话，
破坏了爸爸定下的规矩。
你也长着人耳朵，
咋就不听人话？
你以后干啥要有规矩，
不然这打就白挨了！
黑熊哥，你疼吗？
黑熊哥，你别恨爸爸，
要恨就恨珠儿，
是珠儿打疼了你……"

珠儿打着打着就流泪了，
好像棍落在了自己身上。
她打完二十棍，跪在黑熊身边，
揉着他的屁股，大哭起来。
黑熊抚摸着珠儿的头，

流下了一串串幸福的热泪，
哽咽着说不出话来……

珠儿的那二十棍，尽管很轻，
却如雨珠落于花蕊，
落在大家心头：
一定要牢记伏羲的话，
不要违反规矩！

一阵风吹来，
高悬的蛇旗哧哧地笑，
好像在表扬珠儿打得好！

十

太阳，落窝了，
夜色降临。

走在告别大地湾的路上，
黑熊感到自己成了离群的鸟儿，
巨大的孤独围拢过来。
对伏羲，他不恨，

但有些怨，怨他心太硬，

给女娲一点也不留情面，

将自己逐出了家园。

与大家一起生活时，没感到什么，

现在才感到昔日的生活值得珍惜。

离开蛇部落，孤零零地生存，

几乎死路一条，尤其在黑夜，

碰见猛兽，一定会要了自己的命。

他正胡思乱想时，

一只手拍了拍他的肩膀，

他回过头，才发现是伏羲。

伏羲将一件鹿皮衣放在他手里，说：

"黑熊，这是女娲亲手给我做的，

我平时舍不得穿，现在送给你防寒。"

黑熊说：

"伏羲，您的心意我领了，

衣服我就不拿了。

这衣服，我穿上不配！"

伏羲说：

"你不拿，就是看不起我。

我真不想逼你走，

可心一软，规矩就立不起来，

我们的部落就永远不会告别野蛮。

黑熊，逼你走，是为了成全大家，

让部落走向文明，

希望你能理解我的一片苦心。"

黑熊说：

"伏羲，我们都糊里糊涂地活着，

活过一天算一天，

而您试图要将我们引向文明，

虽然我不太明白，但终归是好事情。

可为了您所说的文明，

我必须要走吗？"

伏羲说：

"你不走，规矩就无法立起来，

我的一切设想会化为泡影。

规矩虽是一种看不见的东西，

但它只要种进人们心里，

会规范日常行为，

人们会慢慢文明起来。"

黑熊沉默了半天，说：
"好吧，我走！
我走后，求您照看好我的弟弟鸟人儿，
他是尘世上我唯一的亲人。"

伏羲从衣兜里掏出夜明珠，
放进黑熊的手里，说：
"鸟人儿交给我，你放心，
我对珠儿有多好，就对他有多好。
这颗夜明珠你也拿上，
夜晚，猛兽攻击时，
它的光芒会吓跑它们，
你的生命也就不会受到威胁。"

十一

多年前，伏羲上山寻找食物，
碰见一条黄蛇与几只刺猬大战。
胳膊一样粗的黄蛇，遍体鳞伤，
生命随时会离开躯体。

他挥起棍，赶走刺猬，

救下了受伤的黄蛇。

三年后，伏羲站在草房子前正欣赏青山，

看到一条金灿灿的蛇，从空中飞来，

飞到眼前，将一颗夜明珠，

吐在了他手里，绕着他飞了数圈，

才依依不舍地飞离。

不少人看呆了，

以为在做一场神奇的梦。

人们惊讶地说：

"啊，我们从来没见过会飞的蛇！"

伏羲说：

"三年前，它还是一条蛇，

我救过它的命。

现在，它已修炼成了飞龙。

只要我们蛇族不要放弃梦想，

有一天也会成为飞龙！"

晚上，夜明珠的五彩光芒，

将星星都比得黯然无光。

一次，伏羲走夜路，

被几头猛兽围攻，

情急之下，他掏出夜明珠，

它的光芒吓得猛兽疾风一样飞逃。

黑熊看着夜明珠，说：

"您的心意我领了，

可这夜明珠我不敢拿。

天地间配拿这神灵之物的，

只有您、女娲，还有珠儿。

我宁可不要命，也不要这夜明珠。"

伏羲说：

"我救了黄蛇一条命，

它修炼成龙后，赠了我一颗夜明珠。

你是珠儿的救命恩人，

我怎么不能将夜明珠相送？

你拿上它，可以投奔任何部落，

不管哪个部落的酋长，得到它，

不但会收留你，还会将你视为兄弟。

黑熊，你不要了，

我就将它丢进河里。"

黑熊知道伏羲说到做到，
忙收下，含泪离开。

十二

阳光对草房子前的蒲公英说了什么，
蒲公英笑得那么开心。

珠儿笑嘻嘻地问伏羲：
"爸爸，你猜，将来我怀孕时，
最想把谁怀在肚子里？"
伏羲摇着头说：
"爸爸猜不出。"
珠儿说：
"我想将你怀在肚子里。"

伏羲被女儿的话感动了，
没想到她竟如此爱自己，
成为她的父亲还不够，
还想让自己成为她的儿子。

珠儿说：

"我将你怀在肚子里，
生下来，不给你一点奶吃，
要活活饿死你！"

珠儿的话，让伏羲一愣，笑了。
女娲朝伏羲瞪了一眼：
你的女儿，看你得罪得起吧！

女娲与其他人有说有笑，
见了伏羲，像见了仇人，
冷成沉默的冰，一声不吭，
连呼出的气都凉森森的。
伏羲怎么哄，她就是不说话。
草房子也成了她的同盟，
失去了昔日的温馨。
得罪了女人了不得，
草房子里的一切都跟男人作对。

伏羲嬉皮笑脸地说：
"这几天，你不说一句话，
不怕上下嘴皮长在一起？"
他的话，女娲没听到似的，

依旧坐在兽皮上专心编草鞋。

伏羲见女娲不理自己，
将一只手搭在她肩头说：
"知道你还在生我的气，
有气了朝我撒，不要窝在心里。"
她将他的手拨开，
气呼呼地出了草房子。

晚上睡觉，女娲仍背着身子，
伏羲伸出手，搭在她肩上，
往回扳，想和她头对头说说话，
女娲仍不理会，以冷漠回应。
伏羲透过草房子的缝隙，
望着天上的星星，没有一点睡意。
夜静悄悄的，只听见哗啦啦的流水声。

沙沙的脚步声，朝草房子走来。
那人接近草房子，
听了听动静，才走了进来。
伏羲装作睡熟的样子，没有理会。
那人将夜明珠放在伏羲耳边，

准备离开时，伏羲抓住他的手，说：
"黑熊，你回来了！"

熠熠生辉的夜明珠，
将草房子内照得犹如白昼。
女娲忙坐起来，说：
"黑熊，你终于回来了！
这几天，伏羲常念叨你，
担心你受到野物的伤害。"

伏羲没料到还在生气的女娲，
想方设法维护着他的形象。
他朝她投去感激的一瞥，
而她回报以会心的一笑。

女娲走出草房子，
喊了一声"黑熊回来了"，
招来不少人围观。
黑熊说：
"我给伏羲送回夜明珠，
再看大家一眼，就离开。"

女娲说：

"伏羲送你夜明珠时说，

你拿上夜明珠，可以投奔任何部落，

不管哪个部落的酋长，得到它，

不但会收留你，还会将你视为兄弟。

黑熊，你拿上它，

并没有投奔其他落部，而是将其归还。

你送来的，不光是夜明珠，

还有一颗忠诚之心。

现在的你，已不是以前的你，

而是一个新生的黑熊，

大家怎么能赶走你！"

女娲说完话，看了看伏羲，

他微笑着点了点头，

称赞她说得好。

而她有意瞪了他一眼：

哼，别得意，你骂的那些话，

我永远记在心上，下来慢慢与你理论。

你再伤我一次，

我一辈子不理你！

十三

一轮明月静静地悬挂在夜空，

温情脉脉地注视着尘世，

仿佛山山水水，都是她可爱的孩子。

幽深的夜空似美女深邃的眼睛，

让人的目光探不到底。

几朵白云，薄似蝉翼。

星星，一闪一亮，

似青草尖上的露珠。

如此良夜，伏羲、女娲、珠儿，

赤身躺在清水河里。

水流缓缓地，几乎感觉不到在流动。

河水太心疼人了，

将温度调到恰到好处，

让他们感觉不到是冷还是暖。

一阵微风吹来，

送来醉人的清香。

如此温馨的风，

怕是从明月里吹来的。

水面上飘着一层淡淡的白雾，

似月光织出的轻纱。

浸在水中的他们，

幸福成了河流怀抱中的鱼。

天上的明月似母亲温柔的眼神，

深情地注视着他们，

水中还有一颗更为深情的明月，

静静地陪伴在他们身旁。

在这样难言的妙境，

真想躺千年、万年……

恍惚中，伏羲、女娲、珠儿，

忘记了自己，天地间似乎只有明月，

只有淡墨色的远山，只有轻轻的风。

他们偶尔一动，水声一响，

才发觉了自己的存在。

珠儿说：

"有条鱼儿从我身边滑过，

摸了一下我。

我想变成鱼儿，

同它玩耍。"

女娲说：

"女儿，你变成鱼儿，

我就变成河流。"

伏羲说：

"那我就变成河床。"

珠儿问：

"爸爸、妈妈，

月亮来河里干啥？"

女娲说：

"也来洗澡。"

伏羲说：

"月亮心中有大爱，

来河里陪我们。"

珠儿说：

"月亮来河里，

是给鱼儿照亮。"

……

不知在清水河里浸泡了多少时间，

他们才恋恋不舍地上了岸。

他们赤足沿河岸缓行，

河岸温暖如春天的手掌，

踩在上面说不出的舒服。
他们环视刚出浴的自己，
洁白得如同月光做的孩子。
难怪月亮在他们身后护送，
原来是担心他们不慎摔一跤。

珠儿说：
"爸爸、妈妈，
我们白得像月亮，
身上都发光。"
女娲说：
"你们看，河滩上的鹅卵石，
岸边的树叶上，都闪着亮光。"
伏羲说：
"吹来的风，也是亮的，
能把人的心吹亮。"
珠儿说：
"月亮洒下来的清辉似流水，
我们都是可爱的鱼。
爸爸、妈妈是大鱼，我是小鱼儿。"
……

月光下行走的他们，

纯洁得如同一尘不染的灵魂。

他们真想永远这样走下去，

走下去，没有尽头……

十四

我们将天空的一颗红心，叫太阳；

将太阳洒下来的爱，叫阳光；

将春天对我们的笑，叫花朵；

将花朵送出来的情，叫花香。

珠儿从清水河畔的柳树上，

折下几根嫩绿的枝条，

编成一个柳帽，戴在头上，

感觉自己戴着一个芬芳的春天。

伏羲和女娲打猎回来，

每人手里提着一只山鸡。

珠儿一边叫着爸妈，一边朝他俩跑去。

女娲抱起女儿亲了亲，

而伏羲不顾疲乏，

在草地上爬行，给爱女当马，
耳边传来清脆的童谣：
"马儿马儿，你快跑，
你跑乏了我喂草！
左一口，右一口，
把你喂得肚儿饱……"

珠儿见爸爸有了汗，
跑到清水河边给他提回来一葫芦水。
伏羲捧起葫芦，看到里面有一颗太阳，
饮下水，觉得将太阳也饮了下去，
体内流淌着阳光。

花朵仰着脸，呼应着阳光雨露的关怀；
一个温馨的家，呼应着天地的大爱。

第三章　天下最聪明的，是水

一

太阳的金手指打开了蓝天，
崭新的一天又来临。
几朵白莲，因为盛开在天空，
我们称它为白云。
只只鸟儿，飞来飞去，
吐出的鸣叫露珠一样清亮。
蓝天一个劲儿地蓝，
白云一个劲儿地白，
鸟儿一个劲儿地飞，
都表现着最美的自己。

这一天，伏羲率领人们，
打猎回来，发现珠儿不见了，
便喊叫珠儿，却没有回应。

大家帮着一起喊叫，

喊声震得附近的树叶都在颤动，

只喊来大山的回声。

女娲焦躁不安地说：

"鸟人儿也不见了，

是不是和珠儿到哪儿玩去了？

就是玩，也不会走多远，

叫一声应该能听见。"

黑熊从清水河边跑来，说：

"大事不好，河边的草地上有一滩血，

该不是珠儿和鸟人儿被狼——"

这句话，如同一只无情的魔手，

抽走了女娲的骨头，

她浑身发软，差点瘫在了地上。

二

珠儿说：

"鸟人儿，昨晚，我做了一个梦。

你猜，梦里我变成了什么？"

鸟人儿说：
"昨晚，我也做了一个梦。
你猜，梦里我变成了什么？
这样吧，咱俩同时说出来，
看变的一样不一样。"

珠儿与鸟人儿同时说：
"我梦见自己变成了鸽子。"
两人为变成同一种鸟，击掌庆贺，
清脆的掌声将岸边觅食的麻雀惊飞。
珠儿说：
"你梦见自己变成鸽子在飞吧？"

珠儿与鸟人儿沿着河岸逆流而上，
一只健壮的黑狗，伴随着他们。
蛇部落有无数孩子，
珠儿最爱与鸟人儿玩，
两人走在一起，舌头生出的话，
比树上生出的绿叶还要多。

穿着树叶衣的珠儿，

犹如一位绿色精灵，

疑心她留在地上的脚印，

会发出绿芽。

穿着鹿皮短裤的鸟人儿，

黑油油的长发披下来搭在腰间，

风一吹，

好像要带着他向天空飞去。

脸色白中透着微红，

一双眼睛，纯洁似山泉水。

缕缕阳光，踩在河水中，

泛起粼粼波纹。

不时有调皮的鱼，咬住一缕阳光，

跃出水面，带起一串串水珠。

岸边的树，也染上了流水的激情，

绿得挺有精神，好像要绿上天空。

鸟人儿说：

"当然在飞，不飞变成鸽子干嘛？

我朝太阳飞，伴随我的还有一只鸽子，

那只鸽子说不定就是你变的。"

珠儿说：
"梦中，我变成鸽子，
在清水河的上空飞，
想看看河到底从哪儿来。
鸟人儿，你看见我飞，
也变成了鸽子，伴随在我身边。"

珠儿说完话，唱起来：
"星星有没有妈妈？
谁是它的妈妈？"
鸟人儿唱道：
"星星有妈妈，
月亮是它的妈妈。"

珠儿唱道：
"小草有没有妈妈？
谁是它的妈妈？"
鸟人儿唱道：
"小草有妈妈，
草地是它的妈妈。"

珠儿唱道：

"绿树有没有妈妈？

谁是它的妈妈？"

鸟人儿唱道：

"绿树有妈妈，

土地是它的妈妈。"

珠儿唱道：

"鱼儿有没有妈妈？

谁是它的妈妈？"

鸟人儿唱道：

"鱼儿有妈妈，

流水是它的妈妈。"

珠儿唱道：

"流水有没有妈妈？

谁是它的妈妈？"

鸟人儿唱道：

"流水有妈妈，

我们去找它的妈妈。"

一条手腕粗的蛇，

盘成一团，蛇头竖起，

吐着蛇信，映入两人的眼帘。

三

伏羲跑到河边，

绕着那滩血看了一圈，说：

"这是兔子的血，

你们看，这儿有狗毛、兔毛，

狗和兔子肯定在这儿来了一场激战。

黑狗也不见了，一定跟上珠儿走了。

只要黑狗跟着，我就放心多了。"

女娲焦急地说：

"那我们赶快分头去找。

这孩子，胆子越来越大了，

不知与鸟人儿去了哪里？"

伏羲想了想，说：

"昨天，珠儿指着河水问我，

它从哪儿流来？

这孩子，对啥都充满好奇，

一定是和鸟人儿逆流而上，
去寻找河的源头了。"

女娲说：
"唉，这两个孩子，太任性了，
就不知道路上有狼有毒虫。
找到他俩，要好好教训教训，
免得日后再添乱。"

伏羲女娲，领着一群人，
一步一步向河的上游走去。

四

看见蛇，鸟人儿胳膊一伸，
将珠儿挡在身后，垂下眼帘，
双手合十，小声念道：
"灵蛇，请您离开，
您从哪儿来，回到哪儿去。"

蛇得到了感应似的，
头晃了晃，离开。

行过的草地上，
留下一道浅浅的绿痕。

鸟人儿抬头看了看天空，
太阳已经偏西，便说：
　"走了多半天，
还没有找到河的源头。
我们走了，给大人没说，
他们打猎回来，见咱俩不在，
说不定会急疯急坏。"

珠儿说：
　"本来想偷偷找到河源，
给大人们一个惊喜，
没想到它比我们想象中的遥远。
我的肚子饿得叫鸣了，
咱俩找点食物吃了再走。"

两人在树林里采了些蘑菇、野菜，
在河水中洗净，填饱了肚子。
鸟人儿捡起一块小石头，
随手向高空扔去，说：

"珠儿，咱俩出发。"

小石头长着眼睛似的，
向一棵大树上的蜂窝飞去。
嘭一声，击中了蜂窝，
从里面飞出密密麻麻的黄蜂，
嗡嗡叫着，朝他俩袭来。
黑狗忙护在珠儿前面，朝群蜂狂吠。

鸟人儿说：
"护住头，跑！"
珠儿说：
"别瞎跑，赶快往河里跳。"

五

"珠儿，鸟人儿……"
女娲喊叫着。
没有任何回应，
只有清水河哗啦啦的流水声。

"珠儿，鸟人儿……"

伏羲喊叫着。
没有任何回应，
只有鸟鸣。

"鸟人儿，珠儿……"
黑熊急得头上冒汗，
他的喊叫声，惊飞了树上的几只小鸟。

"珠儿，鸟人儿……"
大家边走边喊。
四周，传来惊心的寂静。

"河神，求您保佑珠儿、鸟人儿吧，
让他俩不要走丢。"
老巫师跪在河边，虔诚地祈祷。

"山神，求您保佑鸟人儿、珠儿吧，
让他俩平安地回到我们身边。"
黑熊跪在地上，祈祷完，叩了三个头。

六

珠儿、鸟人儿迅速跳进河，
潜入水中，失去了踪影。
群蜂飞到他们落水的地方，
旋了一会儿，看见水面上漂起一顶柳帽，
被它吸引着，朝下游飞去。
原来珠儿潜入水中，有意将柳帽摘掉，
让它顺着水流漂，将黄蜂引开。

珠儿与鸟人儿在水里憋了好一会儿，
头才伸出水面，
深吸了一口气，又潜入水中。
如此几次，估计大黄蜂飞远了，
才从河里出来，继续向前走。

敏捷的阳光，穿过茂密的树枝，
落在草地上，染上了几分绿意。
珠儿看到一团圆圆的阳光，
犹如一朵鲜黄的花，开在草丛中，
不由弯下腰，试图将它捡起，
虽然愿望落空了，

指尖却染上了草的清香。

灌木丛林的阴影中，
出现了一对阴森森的绿光，
一只恶狼，潜伏在那儿，
伺机向珠儿他们出击。
警觉的黑狗，叫了几声，
浑身的毛竖起，紧盯着狼。
狼嚎叫一声，蹿出丛林，
黑狗勇敢地扑上去，
像两团互相仇恨的黑色火焰，
你想烧死我，我想烧死你。

"快上树！"珠儿喊了一声，
迅速攀上一棵树；
鸟人儿也飞速攀了上去。
两人站在树杈上，珠儿说：
"你怎么不上另一棵树，
不怕延误了时机？"
鸟人儿说：
"我想在后面保护你。"

突然，灌木丛中又蹿出一只黑狼，
加入战斗，三团黑色火焰纠缠在一起。

七

女娲发现一片泥地有行脚印，
弯下身，仔细看了一会儿，说：
"这脚印是珠儿留下的，
和她瘦长的脚吻合。"

伏羲也发现了一串脚印，指着说：
"那是鸟人儿的脚印，
他走路喜欢跳着走，
脚尖印深，脚后跟印浅。"

女娲看见河中漂来一顶柳帽，
下河捞上来，担心地说：
"这是我给珠儿编的，
难道她掉进了河里？"

伏羲安慰女娲道：
"就是掉进河里，

珠儿的水性不比鱼的差，
不会出什么危险。"

黑熊咬着牙说：
"找到鸟人儿，
我要剥他的皮，
让他长点记性！"

八

珠儿为黑狗捏一把汗，
也急得双眼起火。
鸟人儿打了几声口哨，
飞来四只雄鹰，朝两只恶狼扑去。

雄鹰的利爪，抓得两只狼血肉横飞，
狼见不是对手，便向远方逃去。
鹰逐走狼，飞回来，
在鸟人儿站立的树上空，
盘旋了几圈，才飞离。
鸟人儿对远去的鹰大声说：
"谢谢雄鹰！"

珠儿说：

"不愧你叫鸟人儿，

几声口哨就把鹰叫来了。

要不是那鹰，黑狗和咱俩就危险了。"

从树上下来，鸟人儿自豪地说：

"全天下的鸟儿都是我的好朋友，

我能听懂它们的语言。

太阳离西山只有几拃了，

继续朝前走还是返回？"

珠儿说：

"说不定再过一道弯，

就能看见河源。"

他俩走过一道弯，

看见河边长着一串串牵牛花。

鸟儿人摘下一串，

两头挽起来，挂在珠儿的脖子上。

牵牛花的美，

好像是从珠儿身上借来的，

粉红色的面容有些羞答答。

珠儿的漂亮，吸引来一束霞光，

她的秀发上霞光闪动，

长长的睫毛镀上了金光，

脸庞落满迷人的金粉，

指甲上亮着星星。

树林深处走出几个人，

为首的牛一样强壮，穿着狼皮短裤，

脸色黑红，头发乱如飞蓬。

他看见珠儿，领着那几个人跪下说：

    "我是牛部落的酋长，

您是何方天仙，请饶恕我们的冒犯。"

珠儿扑哧一笑，说：

    "我不是天仙，

是伏羲女娲的女儿珠儿。"

牛酋长站起来，说：

    "难怪长得像女娲。

我曾领着三个美女到大地湾，

换伏羲手里的夜明珠，

他说十个仙女也不换。

听说吞下夜明珠，不但长生不老，

双眼还会放光，夜里连蚂蚁都能看见。
珠儿是伏羲的心肝，把她抓走，
伏羲会乖乖地将夜明珠送到我手里。"

鸟人儿上前护住珠儿，
挺着胸部说：
"亏你还是酋长，
怎么能动这样的邪念？"

珠儿说：
"牛酋长，你的女人不生孩子，
你来求我妈，我妈给你一对泥娃娃，
还有一些草药，才生下了一儿一女，
你不能忘恩吧！"

牛酋长说：
"孩子生下后，
给你妈送了几只羊，这恩早还了。
珠儿，乖乖跟我走，免遭皮肉之苦。"

牛酋长说完话，拨过鸟人儿，
想抓珠儿时，黑狗扑上去，

在他腿上咬了一口，迅速溜走。

牛酋长惨叫一声，追着狗跑，

而狗机灵地到处乱窜，

他追得满头大汗，才抓了一把狗毛。

几个牛部落的人，扑上来抓珠儿时，

珠儿一下子跳进河里，敏捷如游鱼。

牛部落的人也跳进河里，

可珠儿已快速登上对岸，

朝下游边跑边喊：

"爸爸，我在这儿，

遇到了坏人，快来救我！"

九

珠儿本来是诈唬对方，

没想到还真唤回了爸爸的声音：

"珠儿，别害怕，爸爸马上就到。"

接着又传来众人的声音：

"珠儿，别怕，我们来了！"

声音洪大，震得两面青山都发出回声。

牛酋长一听，知道伏羲身边有不少人，
忙带着手下人逃离。
他们像影子遇到阳光，
瞬间逃得没了影迹。

女娲对女儿又气又恨，
想着找到了，要狠狠教训一下，
没想到见了面，却紧紧抱着女儿，
唯恐被别人抢去。

黑熊见了弟弟，
举起右手，向弟弟扇去，
快落到头上时，手又收回，
只是装作生气地说：
"下一次，你再乱跑，
我要抽了你的筋。
跑到这儿，是寻狼吧！"
鸟人儿说：
"不是寻狼，是寻找河源。"

伏羲一手牵着鸟人儿的手，
一手抚摸着女儿的头说：

"不见你俩，把大家急坏了。
天快黑了，我们回家吧！"

珠儿说：
"走了一天，
还没找到清水河的源头，
我心里不甘。"

黑熊说：
"河的源头有啥好看的，还不是水！
听老人说，河源比一泡尿还要小。"

女娲说：
"珠儿，很久以前，
我和你爸找到了清水河的源头，
水很小，没有想象的那么好看。
从这儿走到那里，要三天三夜。"

珠儿撅着嘴说：
"妈，你和爸能找，
为啥就不让我和鸟人儿去找？"

伏羲说：

"不能剥夺孩子的好奇心，
我们陪着他俩走一遭。"

珠儿离开女娲的怀抱，
扑进伏羲的怀里，撒娇道：
"这才是好爸爸！"

十

他们风餐露宿，走了三天三夜，
走过了九九八十一道弯，
走酸了腿，走疼了脚，
走进一个小山沟，顺沟爬上山腰，
才找到了清水河的源头。

源头的水流细过了蜜蜂的腰，
隐藏在绿色的草丛中。
珠儿跪下来，拨过青草，
才惊讶地发现：
巴掌大的一片黄土里，
有几个小草那样细的眼，

吐着小小的水珠。

她将耳朵贴近倾听，

听水珠说什么话，

可听到的除过寂静还是寂静。

珠儿站起来，问：

"妈妈，河源的水，

为啥这样小？"

女娲说：

"和你一样，初生时都小，

慢慢就长大了。"

珠儿问：

"爸爸，源头的水，

为啥要往山下流？"

伏羲说：

"它在这儿太孤独，

要流到山下找朋友。"

珠儿问：

"妈妈，为啥水越往下游越大？"

女娲说：

"水越往下游，交的朋友越多，
自然就变大。"

伏羲对大家说：
"天下最聪明的不是人，
而是水，水懂得团结。
一滴滴水团结起来，汇成小溪；
一条条小溪团结起来，汇成河流。
我们蛇部落的人要向水学习，
只有团结起来，我们才能强大！
不光我们自己要团结，
还要团结其他部落，
才能够永久立于天地之间。"

第四章　寒冷，逼出了火焰

伏牺……钻木取火。

——《河图挺辅佐》

女娲

一场又一场阴雨，潮湿了草房子，
生出黑毛，散发着霉味。
鸟儿被雨淋透，
张不开翅膀，不能在天空自由飞翔。
不少可怜的老人，
经不起阴雨的侵袭，永远闭上了眼睛。

老巫师念着神秘的咒语，
用羊毛蘸着公鸡的鲜血在石壁上，
画下太阳，妄想得到温暖。
黑夜的丛林不时窜出豺狼虎豹，

将梦中明月咬成带血的碎片。

人世间，多么需要火啊，
正像万物需要阳光！

伏羲

乌云密布，阴雨连绵，
潮气弥漫，草房子凄冷，
人的心里湿漉漉的就要发霉，
花朵都是一张苦笑的脸。

不知多少人得了不治之症，
不知多少滚烫的心停止了跳动。
身穿兽皮的人们望着苍天，
眼中充满恐怖和茫然。

我想摘下天空的太阳，
可惜手臂没有那么长。

我们生活的大地湾多么需要火啊，
就像鱼需要河流，鸟需要树林。

女娲

一场又一场大雪，
压弯了大树，吞没了山路，
小河成了僵硬的白蛇，
失去了哗啦啦的笑声。
太阳很少在天空露面，
唯恐冻肿它的脸。
石头冻得裂开嘴，喊冷。
更让人揪心的是一些可怜的孩童，
昨天他们还蹦蹦跳跳，
今天就被寒冷夺走了生命。

我的一儿一女，刚学会了说话，
也被寒冷掐断了呼吸。
我将他俩抱在怀里暖了三天三夜，
他俩始终没有睁开可爱的双眼。

我们多么渴望火啊，
正像羊渴望青草，花渴望雨露。

珠儿

在一场鹅毛大雪中，
我失去了弟弟和妹妹。
他们是一对孪生兄妹，
刚刚学会了蹒跚走路，
寒冷就从他们脚下，
把未来的漫漫长路抽走。

弟弟和妹妹长得比花朵还好看，
一双眼睛比阳光下的露珠还迷人，
他俩的声音比鸟儿的叫声还动听，
一个成了我的心，另一个成了我的肝。
没想到寒冷是那么无情，
竟夺走了他俩的生命。
我抓着他俩的小手摇了三天三夜，
他俩始终没有醒过来。

不知多少回梦见弟弟和妹妹，
一边喊冷一边喊姐姐。

我捏了两个泥人，

一个是弟弟，一个是妹妹。

白天，我将它们握在手里，

夜晚，我将它们揣在怀里。

昨晚梦见，我对着它们吹了一口气，

它们竟活了，

喊着爸爸妈妈和姐姐，

我笑醒之后，泪流满面。

老巫师

寒冷，让我的上下牙齿不停地打架，

打掉了几颗牙，说话都漏风。

冷得邪乎，冷得河水不流了，

冷得我的胡子结冰了。

我用公鸡血，

在石壁上画下无数太阳，

可没得到一丝温暖。

我用额头的鲜血画了几颗太阳，

可一颗比一颗冰冷。

冷得太阳也很少露面，

偶尔出来一次，没有一丝热情。

老天爷，您睁开眼看看吧，

不少人的魂都被冻出来了！

这样冷下去，会冻死大树，

会冻死大地，也会冻死我们。

老天爷，可怜可怜我们，

让温暖回到人间！

黑熊

冷啊冷，就要冻掉耳朵，

就要冻掉脚指头。

吹来的风，比鱼刺还厉害，

刺得我骨肉又疼又冷。

双脚差不多冻成了枯木，

已感觉不到冷了。

为了取暖，我朝双手呼了一口气，

眼看着手上就结了一层薄冰。

手背冻肿了，裂开道道口子，

流出一串串血珠，又痛又痒。

这样活着，真是活受罪！

老天，你再冷一些，

把我冻死算了。

死了，就感觉不到冷了！

伏羲

大雪——巨大无比的白老虎，

吞下了大山吞下了森林，

仍没有填饱它贪婪的胃口，

还张着嘴巴，喷着刺骨的冷风，

露出雪白的牙齿，朝我们逼来。

这只凶残无比的庞然大物，

吞下一座山就像狼吞下一只羔羊，

抓走人的生命如同鹰抓走一只小鸡。

我可怜的一儿一女，

也被它无情地吞掉。

可它遇到了火，就软成了水。

如果沸腾的热血能化为火种，
我愿用骨针刺破自己的血管；
如果跳动的心能化为火种，
我愿用石斧剖开胸膛掏出丹心。

春风给小草以鼓励，
小草一夜绿到天涯。
而站在身后的女娲、珠儿，
还有将希望的目光投向我的无数同胞，
给了我无穷的力量，我一定要找到火种。

女娲

伏羲，为了大家，你忧心忡忡，
痛苦让你俊美的双眼布满血丝，
看着你为火种伤神的模样，
我内心雷击似的疼痛。

太阳因为爱大地，才有光芒；
月亮因为爱星星，才有清辉；
小草因为爱春天，才有绿意；
花朵因为爱原野，才有艳丽。

怀揣大爱的伏羲，
你眼中燃着一团火，
你内心烧着一团火，
你就是点亮天地的火种！

鸟人儿

大雪封山的一天，
我不听珠儿的劝阻，
绑上鹰的翅膀，向高山走去。
我想登上山顶，借助山势飞起来，
飞上天空取来太阳，
给冷得打颤的人们取暖。

我走到半山腰，
脚一滑，滚下来，
差一点丢了性命。
关心我的珠儿，
扶着我一步一步走回来。

我虽然受伤了，浑身疼痛不已，
但想飞的一颗心还在跳动。

我的头脑里有一双翅膀，

老想着飞啊飞。

珠儿对我说：

"人失去头颅并不可怕，

最可怕的是失去梦想。

鸟人儿，你飞翔的梦想让我佩服，

但不能贸然行动。"

我说：

"我是为飞而来，

也可能为飞而去。

假如有一天我从高山上摔下来，

失去了生命，请你在我身上绑上羽毛，

我的魂会接着飞。"

珠儿

一声霹雳，一棵树拦腰断了，

燃起火焰，冒起浓浓黑烟。

是雷神送来了火焰，还是雷神的声音，

喊醒了树木中沉睡的火焰？

我百思不解，向爸爸求教，
他说这个问题他也想了很久，
还没有想清楚。

一夜，我做了一个梦，
自己在树林中行走，
眼前一亮，出现一个孩子：
火红的头发，火红的脸庞，
火红的嘴巴，火红的手；
一对黑眉毛，比燕子的尾巴还俊秀；
一双黑亮的大眼睛，透着水的深情；
绿叶坎肩，绿叶短裤，绿鞋子，
漂亮过了嫩绿的春天。

我问：
"你是谁？"
他说：
"我叫火精灵。"

火精灵非常机灵可爱，
我靠近他，想摸摸他的头发，
他阻止道：

"姐姐，别摸我的头发，

它会烧疼你。"

我问：

"火精灵，

那我摸一下你的脸蛋可以吗？"

他说：

"姐姐，不可以，

我的脸蛋也会烧疼你。

你的头发多美啊，

我想摸摸，可怕会烧着。"

我说：

"我的头发多，送你一根，

烧了，我也不在乎。"

我拔了一根头发，递到他手里，

头发一点点变成了灰烬。

他失望地说：

"你的头发，我爱不释手，

可还是消失在我手里。"

我说：

"你从哪儿来？你妈妈是谁？

请告诉我，想和你玩时好找你。"

他说：

"这是秘密，不能告诉你，

你找到了智慧，便找到了我。

姐姐，一见面，

我就喜欢上了你。"

火精灵说完话，钻进一棵树，

犹如鱼钻进河流，失去了踪影。

钻进树的瞬间，他一脸快乐，

好像要钻进妈妈的怀抱。

难道树木是他亲爱的妈妈？

我将这个梦告诉了爸爸，

他眼睛一亮，惊喜地说：

"珠儿，你的梦给了我启示，

火精灵一定隐藏在树木中，

我要想法找到他，温暖天地。"

女娲

清水河里，有颗红彤彤的太阳，

手指捞起的却是一滴滴失望；

草尖上的露珠，含着明晃晃的太阳，
握在手心却是豆大的冰凉。

伏羲睿智的目光，越过青枝绿叶，
看到树的内心深处，
有一团火焰，在沉睡。
他智慧的妙手，
钻开了树木紧锁的心扉，
火焰苏醒，喷了出来，
人人脸上乐开了花。

喷出火焰的树木中还蹦出一个孩子，
火红的头发，火红的脸蛋，
一双黑色的大眼睛，灵光闪闪。
他说自己的名字叫火精灵。
他一见珠儿就亲热地喊"姐姐"，
好像认识珠儿好多年。

火精灵问我：
"您是珠儿的妈妈吧？"
我反问：
"你咋知道我是珠儿妈妈？"

火精灵说：

"只有月亮才能生出星星，

也只有您才能生出珠儿。"

珠儿指着火精灵欣喜地说：

"妈妈，我梦里见过他，

和他说了一会儿话，

他就钻进树里不见啦！"

火精灵对伏羲说：

"您的目光，多么锐利，

能将黑暗钻出火星。

是您的智慧之手，

将我接到人间，成了人类的朋友。"

伏羲说：

"火精灵，你和珠儿一样可爱。

有了你，真好，

我们不再受寒冷的欺负了。"

黑熊说：

"火精灵，你被树囚禁了多年，

是伏羲将你解救了出来，
获得了自由！"

火精灵说：
"树是我的妈妈，
睡在妈妈的怀里，
怎么能说是囚禁？
人太自大了，
将自己看成了救世英雄！"

火精灵的话，
呛得黑熊面红耳赤。
我也有点羞愧，
我内心也有这样的想法，
不过没有说出来。

拥有红彤彤的火真好啊，
人类的生活才真正有了温度！
几位脉搏停止跳动的老人，
也被火烤出的香喷喷的肉味香醒了，
他们吃着熟肉，恢复了健康。
脱落的牙齿也长了出来，

灰白的头发也渐渐变黑。

孩童手中的火把，
能将夜里围攻他的一群野兽，
像逼走黑影一样逼走。
有了火，再黑的夜空，
我们也不害怕它塌下来！

人类文明最初的太阳，
从伏羲的手中冉冉升起！

伏羲

我唱道：
　"早晨有没有父亲？
谁是它的父亲？"
鸟人儿唱道：
　"早晨有父亲，
公鸡是它的父亲。"

我唱道：
　"早晨有没有母亲？

谁是它的母亲？"

火精灵唱道：

"早晨有母亲，

晨曦是它的母亲。"

我唱道：

"早晨有没有儿子？

谁是它的儿子？"

女娲唱道：

"早晨有儿子，

朝阳是它的儿子。"

我唱道：

"朝阳有没有妹妹？

谁是它的妹妹？"

珠儿唱道：

"朝阳有妹妹，

朝霞是它的妹妹。"

鸟人儿的歌声，

似百灵鸟鸣，婉转悠扬；

火精灵的歌声，

含着阳光，热情洋溢；
女娲的歌声，
似流水，久久萦绕在耳旁；
珠儿的歌声，
似带蜜的露珠，又甜又亮。

篝火欢快地燃烧着，
大家边烤火，边听歌。
夜空亮晶晶的星星，
亮不过人人眼睛里的一团火。

大家的激情也被激发起来，
手拉着手，围着篝火边跳边唱：
"宽阔的草地万古长存，
牛羊兔子在那里居住，
牛羊兔子是它的主人。

"茂密的森林万古长存，
豺狼虎豹在那里居住，
豺狼虎豹是它的主人。

"陡峭的黑岩万古长存，

雄鹰岩羊在那里居住，

雄鹰岩羊是它的主人。"

火精灵跳进篝火，

与篝火一起跳起了火焰舞。

如果篝火似朵盛开的大红花，

火精灵则惊艳成了花蕊。

火精灵的舞步蝴蝶一样轻盈，

扭动的腰肢浪花一般生动，

舞动的双臂活泼过了闪电；

飞舞的头发，似飞动的霞光。

一双黑眼珠，比水中的鱼儿还灵动，

喷出的光芒，恰似云缝里漏下的星光。

他边跳边唱，声音阳光一样透亮：

"芬芳的花朵万古长存，

花丛中飞着蝴蝶和蜜蜂，

蝴蝶和蜜蜂是它的主人。

"雄壮的大山万古长存，

花草树木在那里居住，

花草树木是它的主人。

"碧绿的树木万古长存，
我居住在她温暖的心中，
她就是我善良的母亲！"

我们欣赏完火精灵的歌舞，
接着又跳又唱：
"黑糊糊的洞穴万古长存，
青蛇黄蛇在那里居住，
青蛇黄蛇是它的主人。

"清澈的清水河万古长存，
鱼儿蝌蚪在那里居住，
鱼儿蝌蚪是它的主人。

"美丽的大地湾万古长存，
我们在大地湾生生不息，
我们是大地湾的主人……"

我们舞出了马的矫健，
舞出了虎的威风，
舞出了浪花的欢快。
我们唱得篝火噗噗笑，

唱得月亮不落窝。

珠儿

夜色降临，我还在森林里，
转来转去，就是找不到回家的路。
竹篮里装满了蘑菇，
提得我胳膊疼，就是舍不得丢弃。

夜色越来越浓，四周黑乎乎一片，
连棵树也分不清。
我不小心碰在一棵树上，
眼前疼出金色的亮点。

吹来的风，是黑色的；
树哗啦啦地笑，是黑色的；
我走路时发出的沙沙声，也是黑色的。
黑色，有一种无形的压力，
压得我的心往下沉，
似乎永远沉不到底。

磕磕绊绊走了一会儿，

觉得走错了路，返身再走，
突然看到几点绿莹莹的光，
那光比山崩了还可怕，
吓得我瘫软地靠在了一棵树上。

那绿光渐渐逼近，
并发出一声声恐怖的嚎叫，
我的头发竖起，头皮发麻。
吓得树也发抖，怕自己被狼吃掉，
将我往前面不停地推啊推，
让我当替死鬼。

啊，自己的生命只有几步路了，
心跳不了几下就要停止，
我闭上眼睛，借想着一副副可亲的面孔，
对抗着死亡逼近的恐惧。
妈妈、爸爸、鸟人儿，
一一浮现在脑海。
应该珍惜最后的时光，
想念一下亲人。
还想起了火精灵，
那红红的脸蛋，多么可亲。

没想到几只狼在离我一步之遥时，
耳旁出现了响亮的声音：
"姐姐，别怕，我来了！"

睁开眼睛，
看到火精灵从身后冲上来，
护在了我前面。
那几只狼，看到火精灵，
如老鼠看到了猫，飞速逃离。

火精灵说：
"姐姐，把你吓坏了吧！
有我在，你别紧张，
所有的野兽都怕我，
我的光能吓破它们的胆！"

解除了死亡的威胁，面对火精灵，
我像受尽委屈的孩子，哭了起来。
过了一会儿，我破涕为笑说：
"火精灵，我不知怎么感谢你！"
火精灵说：
"姐姐，你刚才的一笑，

比带露的花朵还迷人，

这就是最好的感谢。"

我问：

"你怎么来得这么及时？"

火精灵说：

"天黑了，不见你回家，

怕你迷失在森林里，就来找你，

没想到我来得正是时候。"

火精灵

妈妈对我说：

"孩子因你，

我才有向上生长的激情；

大雪白了我的身子，

因你，才有战胜强大严寒的信心。"

有时，雷电击中了妈妈，

妈妈燃烧起来，

她的头发，她的身体，

化成了一团团火焰。

妈妈燃烧的时候，

一点也不苦痛，

她面带笑容，

在释放内心的热情。

树是生长，

火焰是燃烧。

生长有生长的幸福，

燃烧有燃烧的快乐。

隐藏在树木中的我，

是树木深锁的秘密，

藏匿了千年万年，

没有躲过睿智的伏羲。

太阳有驱走黑暗的光芒，

人有可贵的探索精神。

因为人们追求光明，

给我的生命赋予了光华，

我才成了人们眼中的火精灵。

珠儿

妈妈的一双巧手，
让泥变成了泥瓶变成了泥盆，
变成了泥壶变成了泥罐……
再在火精灵的帮助下，
坚硬成了骨头一样的彩陶，
再也不害怕雨淋。

我最喜欢人头形器口彩陶瓶，
短发齐额，面容清秀，
大大的眼睛，蒜头形鼻子，
微微张开的小嘴巴，
在向大家亲热地问好。
它隆起的肚里，装着欢乐的歌，
装着甜甜的清水河。

抱着人头形器口彩陶瓶，
如同抱着亲姐妹，
我的心头都是热的。
但愿她穿过风雨，穿过时空，
给未来的人们讲述大地湾的传奇……

众人

红红的火太神奇了，
让黄泥也站起来了，
站成精美的陶罐了，
我们生活得更美了！

红红的火太神奇了，
化冰疙瘩为春水了；
红红的火太神奇了，
盆中水开出莲花了！

有火的日子不一样了，
我们能吃上熟食了；
有火的日子不一样了，
黑夜大地上有光了！

围着火闹围着火笑，
我们生活得有烟火了；
围着火跳围着火唱，
我们的日子红火了！

火是我们的红衣服，

我们不害怕下雪了；

火是我们的胆啊，

再黑的路我们敢走了！

第五章 手指流出的智慧，成了悠悠渭水

一、话中，含着智慧

珠儿问：

"妈妈，风吹折了树枝，

而蜘蛛结的网那么细，

风怎么没有把它吹断？"

女娲说：

"因为网眼放走了风，

网才没有被风吹断。"

伏羲说：

"珠儿、女娲，你俩的对话，

含有难能可贵的智慧，

让我受到了启发。

我要制造一种聪明的工具，

将该放走的放走，

该留下的留下。"

二、请鱼留下，让水流走

伏羲作结绳而为网罟，以佃以渔。

——《周易·系辞下》

让奔腾的河水流走，

继续绽放雪白的浪花，

请鲜活的鱼留下；

让风自由地穿过，

在树叶上继续弹奏乐曲，

请鸟留下。

该留的留，该放的放，

这就是用智慧编织的网。

身着树叶装的女童，

在清水河撒下网，

想捞起彩云做衣裳。

赤身裸体的男童，

在清水河撒下网，

想捞起甜甜的红太阳。

说说笑笑的男男女女，

在河流中撒下网，

捞起了沉甸甸的希望。

数千年的时光悄然流逝，

历史之网留下了两个闪光的名字：

一个是女娲，一个是伏羲。

三、想唱歌的手指

伏羲造琴瑟。

——《孝经·正义》

浪花是清水河的嘴巴，

日夜不息地歌唱；

花朵是春天的嘴巴，

吐露着醉人的芳香。

伏羲敏锐地发现，

沉积着幸福和悲伤的手指，

和鸟一样，也有歌唱的欲望。

他以女娲柔美的青丝为弦，

与梧桐木和谐相配，

制出了奇妙的琴瑟。

伏羲的十指从弦上走过，

走出了风声走出了雨声，

走出了虎啸走出了雷鸣，

走出了扣人心弦的高山流水。

几只轻盈的蝴蝶飞出琴弦，

倒映在水中，化为水莲。

珠儿唱道：

"可爱的鸟儿林中来，

好听的琴声哪儿来？"

女娲唱道：

"可爱的鸟儿林中来，

好听的琴声弦上来。"

珠儿唱道：

"滴滴雨珠天上来，
悠扬的琴声哪儿来？"
女娲唱道：

"滴滴雨珠天上来，
悠扬的琴声指尖来。"

珠儿唱道：

"清清的河水山上来，
动听的歌声哪儿来？"
女娲唱道：

"清清的河水山上来，
动听的歌声口中来。"

珠儿唱道：

"五彩的霞光天边来，
快乐的歌声哪里来？"
女娲唱道：

"五彩的霞光天边来，
快乐的歌声心中来！"

女娲与珠儿一边唱，

一边随着琴声在草地上起舞。

女娲的长发，展示着迷人的风姿，

蛇一样柔美的腰身，

舞出了女人的活力，

舞出了令人心醉的妩媚。

男人们的目光恨不得变成一只手，

去抚摸她生动活泼的细腰。

十三岁的珠儿，

一头黑亮的青丝美丽无比，

一双会说话的眼睛顾盼生辉，

成了大家心目中的仙女。

她跟着妈妈舞起来，

舞姿让周围的树都着了迷，

拍着绿色的小手掌，欢呼！

女娲和珠儿醉人的舞姿，

感染了所有人，

他们都围绕着她俩，尽情地舞动起来。

跟着舞动的，还有山岳，还有河流，

天地万物都陶醉在乐舞中。

四、她的秀发，钓起了游鱼

碧绿的湖水，有强大的诱惑力，
让耸立的青山，醉倒其中。
洁白的云朵，金色的太阳，
也在里面沉醉。

一群孩童，在湖里游泳、嬉戏。
湖水兴起多少浪花，
他们就有多少笑声。
稚嫩纯粹的笑声，落进耳朵，
感到里面挤满了星星！

珠儿和鸟人儿站在湖边，
看着水中欢快的孩子，一脸惬意。
鸟人儿向天空咕咕了几声，
叫来一群鸽子，在湖的上空盘旋。
有只鸽子向鸟人儿飞来，
落在他的手掌上，
看着珠儿，咕咕说话。
鸟人儿道：
　"珠儿，鸽子对你说，

姐姐，你好漂亮！"

珠儿对鸽子说：

"你也漂亮，

你的羽毛月光一样洁白。"

鸟人儿咕咕几声，

将珠儿的话向鸽子翻译过去，

又将鸽子说的话翻译过来：

"珠儿，鸽子说，

姐姐，你多么善良，

连小鸟的一根羽毛都没伤害过。"

湖水中的孩子听到鸽子和珠儿说话，

鸟人儿当翻译，忙爬上岸，

围着鸽子看稀奇。

一个孩子说：

"鸟人儿，你没有哄人吧。

咋证明你能懂鸟语。"

鸟人儿对鸽子咕咕了一会儿，

鸽子对大家咕咕了一会儿。鸟人儿说：

"鸽子说，

昨天，我飞过离这儿不远的一片树林，

看到问话的这个孩子在树上掏鸟蛋，
我气不过，屙了一泡粪，
落在了他脸上，气得他嗷嗷叫。"

那孩子一听，生气地说：
"原来是你屙的粪，
现在还臭烘烘的。"
他说完话，就要抓鸽子，
鸽子飞起，屙下一泡粪，
刚好落在他脸上，气得他又跳又骂，
惹得其他人哈哈大笑。

珠儿问：
"鸟人儿，为啥你能听懂鸟儿的话，
我们一点也听不懂？"

鸟人儿说：
"我把自己当成了鸟儿，
才能听懂鸟语。
你们把自己当成了人，
自然听不懂。"

一个孩童问：
"现在我们将自己当成鸟儿，
能听懂鸟语吗？"

鸟人儿说：
"你们口里这么说，
可心里永远把自己当成了人，
所以不可能听懂鸟语。
我虽然是人身，
可心灵与鸟儿相通。"

听鸟人儿这么一说，
孩子们都流露出失望的神情。

失去孩子玩水的湖，
如同无风的草原，静悄悄的，
偶尔有条鱼跃出水面，
弄出细微的响声。

想洗头的珠儿下了水，
水淹没了她的小腿。
她头一扬，丝丝秀发飘起，

落下时头发梢轻轻落进湖里，
吸引来一群调皮的小鱼。
她头又一扬，
不少鱼被长发钓出水面，
落在湖边的草丛中，跳动。

鸟人儿恨不能也变成一条鱼，
被珠儿的秀发钓起。

五、鸟鸣，化成了甘露

一群孩童，围在一棵桑树下，
伸长脖子，等着甜甜的桑葚。
他们的嘴巴、牙齿，
被桑葚汁染成了紫色。
鸟人儿站在桑树上，
将采摘的桑葚扔下来，
落成孩童们的一串串笑声。

珠儿从草地上捡起一粒桑葚，
走到火精灵面前，说：
"这是风采下来的，

更甜美，你尝尝！"

火精灵说：

"珠儿姐姐，你替我尝，

我没吃果子的嘴。"

珠儿问：

"从没见你吃过任何食物，

可精力为何还是那么充沛？"

火精灵伸出右手，

抓了几缕树缝里洒下来的阳光，

吃下去，说：

"这就是我的食物，

一天，只需几缕阳光。"

珠儿问：

"也不见你喝水，你怎么解渴？"

火精灵说：

"鸟鸣是我的水，

听几声鸟鸣，一天不渴。"

突然，孩童们一声惊叫，

鸟人儿从树上掉下来，

重重落在草地上。

珠儿急黄了脸，

与孩童们一起大喊鸟人儿，

可他双眼紧闭，依旧昏厥。

火精灵说：

　"大家别紧张，鸟人儿伤势不重。

我搜集了各种鸟鸣，

说不定能将他唤醒。"

他说完话，右手朝耳朵一抓，

向上一撒，天空出现了各种鸟鸣。

悦耳的鸟鸣化成了甘露，

一滴滴落在鸟人儿脸上，

他突然睁开眼睛，说：

　"啊，我听见了众鸟的合唱，

美妙得不可言说！"

六、让鸡蛋走动吧

女娲将一颗颗鸡蛋放进鸡窝，

一群孩童叫喊着要吃。

女娲问：

　"你们喜欢吃鸡蛋，

还是喜欢看鸡蛋走路？"

他们齐声说：

"看鸡蛋走路！"

女娲问：

"那你们有没有耐心？"

他们说：

"有，有，有！"

女娲说：

"那你们就耐心等待吧。"

二十多天过去，

那颗颗鸡蛋被母鸡孵成一群小鸡，

毛茸茸的，在草地上走动。

一群孩子一边学着小鸡叽叽叫，

一边捉小虫，喂小鸡。

珠儿问女娲：

"是什么让蛋生出了羽毛长出了腿？"

女娲说：

"是母鸡妈妈的爱。"

在女娲的启发下，

孩子们都懂得了：

孵出小鸡的是爱，

蛋生鸡鸡生蛋越生越多的道理。

他们纯洁的心田里，

爱和智慧扎下了根须。

七、我知道了花朵的内心

金黄的蒲公英花，遍地开放，

只只蜜蜂忙碌在花丛中。

火精灵对珠儿说：

"蜜蜂们，这群灵性的语言学家，

忙碌着，通过反复嗡嗡推敲，

将花朵的心灵语，翻译出来，

才有了黄亮的蜜。

从蜜的香甜中，

才知道花朵没有一丝恨，

才知道花朵多么爱我们！"

珠儿说：

"火精灵，听你这么一说，
我才感受到了花的爱，
我也想变成花朵。"

一只蜜蜂绕着珠儿飞了几圈，
落在了她肩头。
火精灵说：
"这只聪明的蜜蜂，
将你辨认了一会儿，
认出你是一朵花时，
才落在了你身上。"

珠儿莞尔一笑，问：
"这些被太阳温暖的花草，
是不是对太阳充满了感激？"

火精灵说：
"花草对太阳说，
您恩赐了阳光，
我们才有了芬芳！
太阳对花草说，
我应感激你们接纳了阳光！

因为你们，阳光才明媚；

没有你们，阳光会发霉！

万物互相成全着，

才有了和谐的天地。"

珠儿说：

"你头脑里长着一棵绿树，

充满了绿色的思想，

说出的话飘着绿叶的清香！"

八、 万物都活着自己的本性

女娲问：

"火精灵，你的树妈妈，

春天为啥会生出绿叶，

冬天叶子为啥会凋零？"

火精灵说：

"在春风的吹拂下，妈妈醒了，

那些叶子是她生出的羽毛。

你没看见她轻轻扇动着羽毛，

一点一点往高空飞吗？

冬天，妈妈睡觉休息，
不需要飞，羽毛就脱落了。"

女娲问：
"你妈妈想的啥？"

火精灵说：
"春天想生长，冬天想休息，
妈妈的想法就这么简单。"

女娲问：
"火精灵，你说，
河水昼夜不停地流，
要流到哪儿去？"

火精灵说：
"河水不停地流，是它的本性，
它不流就不叫河流。
我想，它只管流着，
从不会追问自己要流向哪儿。"

女娲说：

"河流还是有想法的，
它流到下游要与另一条河流相汇，
这样就会壮大自己。"

火精灵说：
"这是人的想法，
请不要强加给河流。
就像我的燃烧，纯粹是本性，
不是为了给人类照亮，
也不是为了给人类送温暖。
人类对我的赞扬，
也与我的性情相违。"

伏羲说：
"天地万物，总有它存在的意义：
比如花朵给我们吐露芳香，
蜜蜂给我们酿出蜜汁，
树给我们结出果实，
河流给我们养出鱼虾，
太阳给我们生出光辉。"

火精灵不高兴地说：

"即使没有人类，

该开花的依然开花，

该结果的依然结果，

太阳照旧会从东方升起。

万物都按自己的本性活着，

绝不是为了人类。

人类太狂妄太自大了，

远远高估了自己，

将自己看成了天地间的主人，

认为万物都是为了自己而存在。

人最爱说'我认为'，

这仅是你们的认为，

请不要将你们的想法，

强行加在万物身上。"

伏羲说：

"不论咋说，

人毕竟是万物之灵。"

火精灵激动地说：

"人固然是万物之灵，

但也是天地间的寄生虫，

这点人自己要认清！

人离开万物，还能生存吗？

还有，花能吐出芬芳，

人能吐出芬芳吗？

蚁蚂能穿过针眼，

人能穿过针眼吗？

鱼能从水中生活，

人能从水中生活吗？

万物都活成了最好的自己，

人是不是也都活成了最好的自己？

"别看一只小小的蚂蚁，

它生命的分量等同于人类，

也等同于天地。

万物的生命，没有高低贵贱之分，

也没有轻重之别。

人的自高自大，

是过分自我欣赏，大可不必！

花草树木，飞禽走兽，

没欠人的一点，

凭什么人把自己看得比它们高一等？

人应该怀揣一颗谦卑之心，

谦逊地走过大地！"

火精灵的话虽然有点刺耳，
但引起了伏羲女娲的深思。

九、母爱，给了她神力

夕阳，似一团红蜜，
洒下甜丝丝的阳光。

清水河岸边的一片草地上，
摆着一些泥娃娃，
形态各异，非常可爱。

珠儿说：
  "妈妈，心里快乐了，
  捏出的泥娃娃都笑嘻嘻。"
女娲说：
  "对，心里畅快了，
  捏出的泥娃娃都笑吟吟。"

珠儿和女娲一边说话，

一边捏着泥娃娃。

女娲一抬头，突然看见，

不知从哪儿窜来的一只豹子，

向身边的珠儿扑去，

珠儿被吓成了木头人，

脸也失去了血色。

女娲毫不犹豫，向豹子冲上去，

将捏着一团泥的右手，

飞速伸进它的血盆大口，

并顺势按倒它，骑在了它身上，

右手向它的喉咙继续使劲挤压。

豹子急红了眼，想咬她的胳膊，

喉咙里塞着石头似的，就是合不拢嘴。

无论豹子怎样折腾，

女娲的右手始终没有松劲……

珠儿看到妈妈为了救自己，

不顾性命，与豹子搏斗，

才回过神来，

焦急地朝远处的人们大喊救命。

人们看到女娲与豹子纠缠在一起，

都认为女娲凶多吉少，
等气喘吁吁赶到时，
没想到豹子已经窒息而亡，
女娲右胳膊只是受了点轻伤。

大家夸赞女娲了不起时，
女娲才感到后怕，
顿时，身体软成了一滩泥，
有气无力地瘫在了草地上……

十、追问

伏羲站在山坡上，对着太阳发问：
"您从西方落下，
怎么能从东方升起？
我咋想也想不明白，
请您告诉我其中的奥秘。"
太阳默默无语，
只是向他洒下无尽的温情。

伏羲面对一棵参天大树发问：
"您的叶子黄了落了，

为什么还能长出绿叶？"

大树静悄悄的，

只是向他撑起绿荫。

伏羲蹲下来，对着小草发问：

"是什么给了您力量，

让您钻出地面？"

小草沉默不言，

只是给他送来缕缕清香。

伏羲站在岸边，对着河流发问：

"您从哪儿来？

要流到哪儿去？"

河水哗啦啦地说话，

可惜他一句也听不懂。

伏羲站在高山上，仰头发问：

"老天，您将天地间的奥妙藏在哪儿？

请拿出来让我看一眼。"

天地无言。

一阵大风，刮起伏羲的长发，

如一团忧郁而沉重的浓烟。

十一、大地之音

坐在河边的伏羲，望着残月，
双手捧着泥巴做的哇呜，
吹着，一股幽幽之音流出来。
那声音好像从时间源头传来，
带着远古的苍凉；
又像从大地深处传来，
带着大地的沉重和浑厚；
又像是一群幽灵发出的呜咽，
带着凄凉带着惆怅带着忧怨。

守在伏羲身边的女娲，
泪光闪闪，随伴着哇呜声唱道：
"河水唱着自己的心曲，
蟋蟀吟着自己的心声。
你吹出的是大地之音，
夜空的月牙都在倾听！"

吹完一曲，伏羲唱道：

"夜的心事月知道，

水的心事鱼知道，

花的心事蜂知道，

我的心事你知道。"

伏羲唱完歌，又吹起哇呜，

百虫之声，百鸟之音，

回荡在大地湾上空。

十二、一画开天

木德风姓，八卦创焉。

——三国·曹植《伏羲赞》

太阳落下了怎么又会升起?

月亮消瘦了怎么又会丰满?

草黄了为什么又会返青?

花朵凋谢了为什么又会生一张笑脸?

飞走的燕子怎么又飞回?

流水怎么永远流不完?

山脚下流淌着波光粼粼的渭水，

形如龙头的山上静坐着伏羲，

他仰观日月星辰，

俯察山川风貌，

近取诸身，远取诸物，

思考着万物运行的规律。

一只蝉停在他头上鸣叫，

一只鸟落在他肩头啾啾，

一只羊舔着他的手心，

他都浑然不觉。

他思想的闪电，

一会儿飞入云霄，

一会儿深入山涧，

求索着天地间的真谛。

虽然能看清对面山上的一只兔子，

但他感到自己被茫茫黑夜围困了一般，

四周没有一点亮光。

他想看见真谛，

而看见它比看见自己的后脑勺还要难。

想看见的东西看不见，

和盲人有什么两样？

他下定决心，要将黑暗钻一个洞，
看见真谛的模样……

突然，他脑海中灵光一闪，
豁然开朗，慧眼大开，
神秘的答案呈现在眼前：
南北山脉，若抱若合，
渭水流成一道分界阴阳的曲线；
太极生两仪，两仪生四象，
四象生八卦；
阴中有阳，阳中有阴。
啊，原来天地唯阴阳而已。

犹如盲人看见了一片光明，
伏羲的眼睛溢出滴滴晶莹的语言，
表达着内心的激动与幸福！

仰望星空的人，
思想只有落在大地上，
思想之树才能万古长青。
伏羲怀着一腔热情，
用思想的巨笔，

在东方大地上画下了八卦图，
将天地间深藏的奥秘破译。
他悟出大道的山，
有了一个美名：卦台山。

一条黄龙，出现在天空，
尽情地飞舞，好像伏羲抛飞的一支金笔，
以天空为纸，用闪电的激情，
抒写着一部伟大的史诗。

伏羲啊，您手指流出的智慧，
流成了聪明的悠悠渭水，
将人类这条河流引向了文明的大海。

第六章　飞向天空，为爱情捉太阳

一

走了一天的太阳，
将自己走成夕阳时，
走热了，脸色红彤彤的。
唱了一天的蝉，
被霞光迷住了，
忘记了歌唱，集体陶醉。

霞光，落在树叶上，
就在树叶上跳舞；
落在草尖上，
就在草尖上跳舞；
落在浪花上，
就在浪花上跳舞……

碧绿的草，喷出的芳香，

醉红了天空的几朵云。

在河边的一片草地上，

珠儿和鸟人儿并肩散步。

两人随风摆动的长发，

偶尔碰在一起，

彼此内心燃起小小的火花。

鸟人儿打了一声口哨，

飞来一只白鸽，落在他肩头。

鸽子对珠儿咕咕了一会儿，

鸟人儿翻译道：

"鸽子说，

姐姐，我飞遍天下，

见过不少姑娘，可没有一个漂亮过你。

你披下来的一头秀发，

犹如一道黑色瀑布。

你的眼睛，

让我想到了深邃的夜空和熠熠星光。

你的眼睛一看谁，

谁一生就别想走出来。"

珠儿说：

"鸽子，谢谢你的夸奖。

你是月光做的精灵，你灵动的眼睛，

灵巧的身子，我也喜欢。"

鸟人儿对鸽子咕咕了一会儿，

鸽子对珠儿咕咕了一会儿。鸟人儿说：

"鸽子说，

感谢姐姐的夸赞。

你的声音落在草丛中，

才生长出了甜甜的莓子。

一天不听你的声音，

我耳朵里满是难受的寂静；

一听你的声音，

我荒漠的内心草儿青青。"

珠儿说：

"鸽子，你真会说话，

说出的话我句句爱听。"

鸟人儿对鸽子咕咕了一会儿，

鸽子对珠儿咕咕了一会儿。鸟人儿说：

"鸽子说，

姐姐，你不光漂亮，心地也善良，

见了小小的虫子，遇到了小小的蚂蚁，

都要绕着走，唯恐把它们踩死。

你这样的人，

就是石头，也会将你赞扬。"

珠儿说：

"漂亮是天生的，

不值得赞美；

善良是人的本分，

也不值得夸奖。"

鸟人儿对鸽子咕咕了一会儿，

鸽子对珠儿咕咕了一会儿。鸟人儿说：

"鸽子说，

姐姐，如果让我变成你的一根秀发，

我也愿意！

你的秀发上钓着什么，

你看见了吗？"

珠儿问：

"一根细细的头发，
它能钓起什么呢？"

鸟人儿对鸽子咕咕了一会儿，
鸽子对珠儿咕咕了一会儿。鸟人儿说：
"鸽子说，
姐姐，你每根头发上，
钓着一个年轻的魂，
不知多少年轻人，
梦里都喊着你的名字。"

二

"珠儿，花朵陶醉在自己的香气里，
你陶醉在自己的爱情里。
我的这几声鸟鸣，是送给你的祝愿，
祝愿你的爱情如长流水。"
——珠儿听懂了小鸟的祝福。

"珠儿，祝福你获得了爱情！
我的祝福，虽然你听不到，
但能嗅得到。"

——珠儿嗅到小草用清香向她祝福。

爱情，多么神奇，
感染了万物，
万物都向珠儿祝福，
她内心甜得流蜜。

　"珠儿，祝福你拥有了爱情。
我的祝福，虽然你听不到，
但能看到。"
——珠儿看到太阳用阳光向她祝福。

珠儿还听见一块石头对她说：
　"珠儿，一生沉默的我，
也想开出一朵花，向你贺喜。"

三

阳光被树叶的巧手，
剪成各种各样的碎片，撒在草丛中。
珠儿的手向一片阳光伸去，
虽然没有捡起它，

但被心捡到了似的，心中一片明媚。

一声声哭泣传进她耳朵，
她寻声找到了火精灵。
他正站在一颗大树下面，
一边哭，一边抹泪。

她走到他面前，说：
"火精灵，你有什么伤心事，
说出来，姐姐与你分担。"
火精灵说：
"我为爱情而哭。"
珠儿说：
"你遇到了爱情，那么祝福你！"
火精灵说：
"不是我遇到了，是你遇到了，
我为你遇到爱情而哭泣。
我右眼里流出来的泪水，叫幸福；
左眼里流出来的泪水，叫痛苦。"
珠儿说：
"火精灵，
我只想看到你右眼里流出来的是幸福，

左眼里流出来的也是幸福。"

火精灵苦笑了一下，说：

"鸟人儿爱你，你也爱鸟人儿，
你俩将两颗心，爱成了一颗心。
姐姐，我为你获得爱情而幸福，
同时，也为你爱上了别人而痛苦。
不过，我幸福的泪水是给你流的，
痛苦的泪水是给自己流的。"

一丝风也没有，
树入睡了似的，静悄悄的。
偶尔一声鸟叫，将寂静提醒，
寂静显得更寂静。

珠儿说：

"火精灵，别难过，
我也喜欢你。"

火精灵说：

"你对鸟人儿的是爱，
对我仅仅是喜欢。
爱与喜欢有天壤之别，
一个是天上的太阳，

一个是地上的花朵。"

珠儿说：

"可我只有一颗心啊，

给了鸟人儿，再也无法给你。"

火精灵说：

"你给了我喜欢，我已知足了。

我要开出一朵七彩花，

为你的爱情深深祝福。"

眨眼间，火精灵的头上生出一根绿茎，

茎上生出一片片绿叶，

茎顶生出花蕾，花蕾绽放，

一朵多彩的花呈现在眼前：

七层花瓣，层层颜色不相同，

分别为赤橙黄绿青蓝紫，

比雨后七彩长虹还绚丽。

春天所有的花朵合起来，

比这朵花还要逊色。

它散发出的浓烈香气，

能将人的骨头熏香。

珠儿惊叹道：

"这朵花，美得让人不敢相信，

为什么会开得这么美？"

火精灵说：

"这花的根，深扎在心灵，

一生只能开一次，一次只能开一朵。

它有个好听的名字，叫爱情花！

可惜这花只能看，不能拿，

拿上，会将你的手烧伤。"

四

鸟人儿正靠在一棵树下纳凉，

火精灵出现在眼前，说：

"陶醉在芬芳中的蜜蜂，

我都不羡慕，可羡慕你，

因为你陶醉在爱情中。

被女人爱上，是一种幸福，

被珠儿爱上，更是幸福中的幸福。

鸟人儿，向你祝福！"

鸟人儿说：

"火精灵，你的祝福，

来自内心，让我感动。

可我发现，你眼里，

流露着说不出的忧伤。

我知道，你也爱着珠儿，

可惜天下只有一个珠儿。"

火精灵说：

"珠儿那样的姑娘，

将冰人的爱都能唤醒，

何况我还是火做的人。

命中注定，即便没有你，

我也只能远远爱着她，

太近了，会将她烧伤。

鸟人儿，你爱大地上的珠儿，

我爱梦中的珠儿。

你爱你的，我爱我的，

咱俩互不伤害。"

五

树林中，女娲提着篮子，

正采蘑菇，听到黑熊说：

"今天命好，

捉了一只兔子。"

女娲一抬头，

看见黑熊提着一只肥胖胖的兔子，

走到她面前，说：

"娘娘，这只兔子送给您。"

女娲接过兔子，说：

"谢谢！你送给了我，

这只兔子就成了我的。"

兔子在黑熊手里时还挣扎着想逃脱，

而到了女娲怀里，在她的抚摸下，

不闹腾了，眼睛也失去了刚才的恐惧。

女娲和蔼地说：

"黑熊，兔子的肚里有宝宝，

我们放了它吧！"

女娲的话，风听到了，

说给小草，小草也点头称好。

女娲将兔子放在地上，

轻轻拍了拍它的头，说：

"可爱的兔子，你走吧，

祝你顺利地生下宝宝！"

兔子伸出红舌头，

舔了舔女娲的手，才离开。

六

黑熊、鸟人儿刚用网捞上几条鱼，

树林中就窜出几个人，

个个穿着狼皮短裤，手持棍棒。

鸟人儿知道来者不善，便大喊：

"大家快来，牛部落的人抢鱼来了！"

牛部落的领头人奔到鸟人儿面前，说：

"再喊我一棒打死你！

我们看不上鱼，看上的是鱼网。"

黑熊说：

"你们拿走鱼可以，休想拿走鱼网。

这网是伏羲女娲编织的，

是我们蛇部落的宝贝。"

牛部落的领头人说：

"不管是谁编织的，

只要我看见，就是我的。"

黑熊操起身边的棒说：

"你们敢抢鱼网，

我就和你们拼了！"

黑熊、鸟人儿准备与他们血战时，

伏羲女娲领着不少人赶来。

牛部落的人见寡不敌众，

便向伏羲女娲求饶。

伏羲对牛部落的人说：

"我们生活在同一片天空下，

饶你们一次，下不为例。"

牛部落的人，

离开一会后又返回。

他们跪在伏羲女娲面前说：

"好心的伏羲和娘娘，

我们没有完成牛酋长交办的任务，

回去也难活，

还不如跪死在你们面前！"

女娲说：

"鱼网可以送给你们，

但今后再不能骚扰大地湾。"

他们拿上鱼网离开，

可没一会儿又返回。

伏羲笑道：

"你们拿走了鱼网还不满足，

是不是还惦记着那几条鱼？

鱼也送给你们，路上可以充饥。"

他们虔诚地跪在伏羲女娲面前，

异口同声道：

"仁慈的伏羲和娘娘，请收留下我们，

我们不想回去了，只想留在大地湾，

和你们永远生活在一起！"

七

身上绑着鹰翅的鸟人儿，
站于陡峭的悬崖，想借大风，
像鹰那样飞向天空，
惹来许多人在下边仰望。

伏羲仰着脸大声说：
"鸟人儿，你有想飞的愿望，
我非常佩服，可不要莽撞，
那样会有失去生命的危险。"

鸟人儿说：
"伏羲，我听见白云在喊我，
她洁白的声音，我无法抗拒，
如同蜜蜂无法抗拒花朵的诱惑。
我要飞上天空，取来一朵白云，
给珠儿做围巾。"

女娲说：
"鸟人儿，好孩子，
听话，快下来，

不要让我们担心受怕！"

鸟人儿说：

"娘娘，我听见天空在呼唤我，

她的声音有着水的深情，

我无法抗拒，如同鱼儿无法抗拒河流。

我要飞上天空，

取来彩霞，给珠儿做衣服。"

黑熊说：

"鸟人儿，听哥哥的话，

快下来，不要固执，

如果你出了事，我怎么活？

自妈妈离开人世，

你是我唯一的亲人，我不能失去你！"

鸟人儿说：

"哥哥，你应该鼓励我，

不应该说丧气话。

哥哥，你清楚，

我自小就有飞向天空的愿望。

现在，我长大了，

我的事我自己做主。"

珠儿焦急地说：
　"鸟人儿，我不需要白云做围巾，
也不需要彩霞做衣服。
希望你走下来，站在我身旁，
共看一朵云，共赏一抹彩霞，
我就心满意足了！"

鸟人儿说：
　"珠儿，我听到太阳在呼唤我，
他的声音火一样热情。
送你两张鹿皮远远不能表达心意，
我要飞向天空，取来太阳，献给你！"

珠儿问：
　"鸟人儿，在你眼里，
太阳重要，还是我重要？"

鸟人儿说：
　"珠儿，在我眼里，
你比太阳还重要。

没有太阳，我的身体会受冷；
没有你，我的灵魂会凄凉。"

珠儿说：
"既然在你眼里我比太阳还重要，
那就听我的，快走下来吧，
我不要太阳只要你。
你为我取来太阳的想法，
比太阳还重要，
我只要你这样的想法就够了。"

鸟人儿说：
"想法只有落在行动上，
才表明爱得真。
珠儿，一个放弃梦想的人，
怎么配得上爱你！
你要相信，我一定能飞上天空，
为你取来太阳。"

老巫师说：
"鸟人儿，你这是冒犯太阳神，
会受到上天的惩罚！

快把狂妄的想法从脑子里赶跑吧，
不要惹得天神发怒！"

鸟人儿说：
"我热爱太阳，
才有飞向天空取来它的渴望，
怎么能说对它不尊重？
鸟儿在天空飞来飞去，
也没见哪只被天神劈死。"

火精灵来到珠儿身边，说：
"姐姐，你不要担心，
我去烧掉他身上的鹰翅，
让他的妄想落空。"

火精灵说完话，风一样奔上悬崖，
站在鸟人儿身边，问：
"鸟人儿，太阳是大家的，
为什么要取下来，献给珠儿？
你不觉得自己爱得太自私吗？"

鸟人儿说：

"我取来太阳，献给珠儿，

相信她不会独自占有，

她会用太阳温暖整个人类。"

火精灵说：

"请冷静点，仅凭一腔热情，

还有绑上的鹰翅，不可能飞上天空。

如果你不听劝告，

我要将你的鹰翅烧掉。"

鸟人儿眼里喷出执拗的目光：

"我的梦想就是飞向天空，

你烧掉我的翅膀，

就是烧掉了我的梦想。

我还没有飞，你怎么就知道会失败？

我飞向天空的愿望，非常强烈，

远远超过了对死亡的恐惧。

我不仅有雄鹰的翅膀，

还有爱情给予的无穷力量，

我一定会飞上天空，取来太阳。"

八

一阵大风刮来，鸟人儿借着大风，
扇动着双臂，从悬崖上起飞。
风给了他力量，他朝太阳飞去，
太阳灿烂的手，向他热情地伸来。
"鸟人儿，好样的！"
他听见天空在喝彩。
"鸟人儿，你是雄鹰！"
他听见白云在赞扬。
"鸟人儿，你真勇敢！"
他听见飞鸟在赞美。

珠儿看着鸟人儿犹如一只雄鹰，
在天空飞，既为他自豪又为他担心。
她恨不得变成翅膀，
插在他身上，助他飞翔。
她睁大眼睛，盯着他，
唯恐一眨眼，他会从眼睛里消失。
一根无形的线，一头牵着她的心，
另一头牵着鸟人儿，
他的飞行，扯得她心疼。

她有些后悔，为什么自己不绑上鹰翅，
和鸟人儿比翼齐飞。

"飞啊飞啊飞，
白云朝我飞来，
蓝天朝我飞来，
太阳朝我飞来！"
鸟人儿兴奋地唱着。
他极度亢奋，血液涌向头脑，
脑海中腾起火焰，
觉得胜利就在眼前。

珠儿看着鸟人儿扇动着鹰翅，
奋力向上一点一点飞行，
一颗心虽然悬着，
仍然放开嗓子呐喊：
"鸟人儿，好样的，太阳属于你！"

"梦想给了我方向，
爱情给了我力量，
大风助我飞翔，
我要去拥抱太阳！

"我心中有对翅膀，

梦里都想着飞翔。

一定要取来太阳，

给珠儿双手献上！"

鸟人儿高昂的歌声，

响彻天宇。

山脚下的人群，踮起脚，仰着头，

噢噢叫着，为鸟人儿助威。

在他们眼里，

鸟人儿已成了飞向天空的英雄。

九

鸟人儿飞行了一会儿，

大风飞离，他失去了助力，

开始下滑，他尽力扇动着鹰翅，

扇酸了胳膊，也无济于事。

他看到，大地朝自己飞来。

下滑了一会儿，鹰翅从身上飘离，

他像流星那样迅速下坠。

黑熊发疯了一般，朝前跑，
想用双臂将弟弟接住。
快接近时，鸟人儿已砸向大地，
大地疼出了一滩鲜血。
那滩鲜血，火焰一样，
钻进黑熊的眼睛，将眼睛烧伤。
他感到太阳熄灭了，
天地掉进黑暗的深渊，
所有的黑暗钻进眼睛，
逼走了所有的光明。

黑熊的双脚对大地充满了愤怒似的，
腿高高抬起，猛踩下去，
踩得大地啪啪响。
随着踩出的节拍，
他发疯地喊着"鸟人儿"。

老巫师抓住黑熊的胳膊，
让他冷静点，而他胳膊一摔，
将老巫师摔倒在地。
黑熊依旧一边有力地踩着大地，
一边喊着"鸟人儿"。

大家围上去劝黑熊，

而黑熊像一团大火，

越想扑灭它，

它反而燃烧得越旺。

伏羲走到黑熊面前，

啥话也没说，只是对准他的胸部，

狠狠一拳，将他打翻在地。

倒在地上的黑熊，

静静躺了一会儿，

痛苦地呻吟一声，

眼里溢出血泪……

太阳冷成了一团白冰，

射下的阳光都是冷飕飕的。

天冷了，地也冷了。

人们冷成了冰人，

僵硬地站在那里。

伏羲深吸了一口气，

压了压内心涌起的悲痛狂潮，

对沉默不语的人们说：

"鸟人儿虽然离我们而去，
但他追求梦想的精神获得了永生。
他是我们部落的英雄，
我们要继承他伟大的求索精神！"
之后，他仰天而歌：
河水汤汤，
悲断心肠。
追梦精神，
天地长存！

女娲含着泪水仰天疾呼：
"鸟人儿为了梦想，献出了生命，
他追求梦想的精神，足以感动天地。
飞行的鸟啊，求你们团结起来，
带着他完成最后的心愿！"

女娲的话，招来一大群飞鸟。
一只鸟衔一根鸟人儿的长发，
成千上万的鸟儿，带着鸟人儿，
向太阳飞去……

鸟人儿离开大地的瞬间，

珠儿冲上前，抓住他的脚，

想和他一起飞。

人们还在愣神时，珠儿已离开了地面。

从悬崖上下来的火精灵，跳起来，

碰了一下珠儿的双手，

她的手被烧疼，手一松，掉了下来……

十

躺在鹿皮上的珠儿，

脸色苍白似残月，

嘴唇也失去了血色，

呼吸比蚕丝还细微，

生命脆弱不及小蜜蜂的翅膀。

她的魂已离开躯体，

浮云一样，在天地间飘荡。

天地一片昏暗，

没有一点泪珠大的星光。

她的魂想回家，

就是找不到家的方向……

老巫师敲着羊皮鼓，

为珠儿叫了三天三夜的魂，
却没有一丝醒的迹象。

伏羲女娲握着珠儿冰凉的手，
急得内心起火，
恨不能用自己的生命，
将女儿唤醒。

火精灵脑海中灵光一闪，说：
"珠儿的魂，
被无尽的黑暗缠住了，
要招回她的魂，需要太阳。"

伏羲为难地说：
"即便太阳能招来魂，
可谁的手能将太阳摘下来。"

"我胸中有颗太阳！"
火精灵说完话，脱掉绿坎肩，
忍着钻心的疼痛，
撕裂左胸，掏出一颗心，
双手捧到珠儿眼前。

那心如一朵艳丽的红莲，
闪着温馨的光泽。

火精灵疼得眼前冒火星，
脸色也变得苍白，
他的头发，他眼里的草房子，
也疼得瑟瑟发抖……

火精灵惊人的举动，
惊出了伏羲女娲的泪水。
他俩担心地看着火精灵，
怕他失去可贵的生命。

黑暗中飘荡的珠儿的魂，
突然看到一颗红莲般的心，
向她伸来一束光。
那心似乎在说，
珠儿，赶快往回跑吧，
离开心窝的我，生命只有百次跳动。
你慢一步，你和我，
将陷入无尽的黑暗！

珠儿的魂，

就踩着那束光，飞奔。

当那颗心跳到第九十九次时，

珠儿的魂，找到了自己的躯体……

十一

草房子里，黑熊躺在兽皮上，

脸瘦了一圈，一双眼睛板栗一样大，

嘴唇干得起皮。

女娲用陶碗给他喂水，他也不张嘴。

女娲说：

"黑熊，你五天五夜没进一点食，

也没喝一滴水，即使把自己折磨死了，

也不能将鸟人儿的生命换回。

你这样折磨自己，

另一世的鸟人儿心里也不安。

走的已经走了，你要好好活着！"

黑熊说：

"人走了，不能复生，

把我愁死了，也换不回弟弟，

这我能想通。"

女娲说：

"既然想通了，那就喝点水。"

女娲又给黑熊喂水，

他的嘴巴仍闭得紧紧的。

女娲装作生气地问：

"黑熊，你难道连死也不怕吗？"

黑熊说：

"死有啥好怕的！"

女娲说：

"你连死都不怕，我看是假的。"

黑熊说：

"我真不怕死，恨不得立马死去！"

女娲问：

"你连死都不怕，咋就怕活着？"

黑熊叹了一口气，说：

"我这个瞎子，

连碰到手头的兔子都捉不住，

活着就要靠大家，我不想成为废物。"

女娲说：

"黑熊，你认为自己是个废物，

可在我眼里，是个宝。"

黑熊问：

"娘娘，我想不明白，

我这个瞎子咋就成了宝？"

女娲说：

"虽然你连一只蚂蚁也捉不来，

可你能检验我们有没有爱心。

如果有一天活活饿死了你，

只能证明我们的爱心被狗吃了。

缺少爱心的部落，

要在大地上生存，天理难容！

如果你接受大家送来的食物，

大家不但不小看你，还会感激你，

因为你，让大家的爱有了归属。

如果你不吃不喝，饿死了，

你就负了大家的一片好心，

大家会永远诅咒你！"

听了女娲的一番话，

黑熊立即坐起来，感激地说：

"娘娘，您放心，

您将我想死的心，已取走了！"

十二

黑熊听着大家围打野猪的嘈杂声，
自卑难受，恨不得有个地洞钻进去。
昔日，自己赤手空拳，
一拳能让一只恶狼毙命，
现在浑身的力气虽然还在，
因双目失明，连只苍蝇也没法打死。

打猎前，伏羲找到黑熊，说：
　"我看你闷得慌，
跟上我去打猎，散散心。"
黑熊说：
　"我连太阳也看不见，
还能打什么猎？"
伏羲拍着他的肩膀说：
　"黑熊，别这样想，
去了后，才知道自己有用。"
到了狩猎的地方，
伏羲让他在一棵大树后边，
静静守着，不要乱动。

现在听着棍棒打野猪的声音，

黑熊后悔听了伏羲的话。

我这个瞎子有啥用，

来到这里只是自找难堪。

这哪儿是领我来散心，

纯粹是往我心上扎骨针。

一阵风吹来，树哗啦啦地笑，

他感到树也在嘲笑无能的自己。

黑熊听到野猪一声惨叫后，

再没有传来声音，知道野猪死了，

便从大树后走出来，说：

"伏羲，还有一头野猪，

你也打死吧！"

伏羲问：

"黑熊，你说的野猪在哪儿？

我怎么看不见？"

黑熊怒道：

"我就是一头没用的野猪，

你快来打死吧！"

伏羲将死野猪拖到黑熊面前，问：

"黑熊，生那么大的气干吗？
你有的是牛力气，
请你扛这头野猪回家，愿不愿意扛？"

黑熊的一肚子闷气，
像见了火的雪花，消得没了影子，
便咧嘴一笑，说：
"扛！扛！扛！"

他铿锵有力的声音，
震得山谷都说：
"扛！扛！扛！"

十三

一片片雪落下来，
四周白茫茫一片。
她在原野上独行，
雪，白了双肩。

鸟人儿的右手藏在身后，
微笑着朝她走来，神秘地问：

"珠儿，你猜，

我给你带来了什么？"

她问：

"看你高兴的样子，

是不是捡来了星星？"

鸟人儿说：

"比星星还珍贵！"

她问：

"难道你从水中捞来了月亮？"

鸟人儿说：

"比月亮还温暖。"

鸟人儿说完话，将右手移到前面，

一颗红红的太阳出现在她眼前。

她浑身一暖，身上的雪花不见了，

原野上的雪全部消融，

处处芳草青青，各种花点缀其间。

她想了想，问：

"鸟人儿，你不是离开人世了吗？"

鸟人儿说：

"我的肉体虽然死了，

可我的灵魂还活着。
脱离肉体的我，比风还轻，
于是我就轻松地飞上天空，
给你取来了太阳。"

看着鸟人儿多情的眼睛，
她不由向他的手抓去，
没想到抓醒了自己，
发现火精灵正守在身边。

火精灵说：
"看着你痛苦的样子，
我不知怎么安慰你。
有泪你就流出来吧，
不要装在心中，苦着自己。"

珠儿说：
"鸟人儿说要飞上天空，
取来一朵白云，给我做围巾；
取来彩霞，给我做衣服；
还要取来太阳，献给我。
他嘴上说的，一样都没拿来，

他是一个实实在在的骗子，
我凭什么要为他流泪？

"火精灵，要不是你冒着生命危险，
忍着剧烈的疼痛，掏出一颗心，
招回我的魂，我早离开了人世。
你胸部的伤疤，还疼吗？"

火精灵笑道：
"能为姐姐做点什么，
我感到欣慰。
那算什么伤疤，
早愈合，不疼了。"

珠儿说：
"火精灵，你瘦了，
脸色也失去了红润。
不幸的雷电劈在我身上，
却疼在了你心上。"

十四

火精灵说：

"姐姐，我做了一个梦，

梦见了鸟人儿。

鸟人儿和一只鸽子边飞边说话。

鸽子说，

鸟人儿，我好久不见珠儿，

我们去看看她吧，

她是一位可爱的姑娘。

鸟人儿说，

我不想见她，

她一天哭丧着脸，有什么可爱？

鸽子说，

这就是你的不是了，珠儿不高兴，

我们去哄哄，她就有了笑容。

鸟人儿说，

你不知道，珠儿是个心事很重的人，

你不但把她哄不高兴，

还会弄得你哭着回来。"

听完火精灵的话，

珠儿露出一丝苦笑。

火精灵说：

"姐姐，你的笑里，

如果能把苦味减掉，

那就美得会让蜜蜂也陶醉。"

火精灵见珠儿一脸愁绪，

恨不得变成忘愁水，让她饮下去。

"姐姐，我对着月亮问，

你怎么那么冰冷？

月亮说，

珠儿的目光是冷的，

我身上积满了她的目光。

我对着河水问，

昔日，你流淌的是欢笑，

今天，怎么成了呜咽？

河水说，

珠儿的泪水酸了我的嗓子，

我已笑不起来。

我对着小草问，

你散发出的味道，怎么有种苦味？

小草说，

珠儿的泪水，打疼了我，

怎么能吐出清香！

姐姐，天地万物都在乎你，

你怎么笑不起来？

你这么忧郁下去，

就对不起关爱你的天地。"

珠儿流出几滴热泪，

掉到地上，惊醒了几朵小红花。

十五

谁的妙手将月光弹成了小小的花瓣，

纷纷撒下来，成了朵朵雪花。

座座山，如月亮的手指，

用白云堆积起来。

一堆堆篝火，

犹如雪地上绽放的大红花。

升起的袅袅青烟，

似篝火温暖的呼吸。

清水河，瘦了几许，

多了几分文静。

纷纷雪花，飘进河里，

没荡起一丝涟漪。

珠儿与火精灵，沿着河岸缓行。

珠儿长长的睫毛上，

挂着小小的雪花，

给她的眼睛增添了几分朦胧美。

在雪的衬托下，

火精灵的绿叶坎肩、绿叶短裤，

成了充满生命的绿色火焰。

火精灵说：

"珠儿姐姐，你的手灵巧，

堆一个雪人吧！"

珠儿堆了个雪人，很像火精灵。

火精灵说：

"一个雪人，

站在雪地上，太孤独！"

珠儿又堆了一个雪人，

酷似自己。

接着又堆了一个，

很像鸟人儿。

三个雪人站在那儿，

好像在说话。

火精灵在三个雪人之间，

画了一个月亮，说：

　"黑夜来了，给他们照亮！"

第七章　为了人类，她将自己补进天空

水浩洋而不息……女娲炼五色石以补苍天。

——《淮南子·览冥训》

一

巴掌大的一片云也没有，
天蓝得空旷而孤独。
太阳被谁惹怒了似的，发脾气，
阳光打在地上，兴起阵阵热浪。

卦台山上，伏羲双腿盘坐，
一脸肃穆，用蓍草推演卦象。
他一边沉思，一边拿着蓍草，
慎重地摆来摆去，
好像为宽阔的天空摆日月星辰，

为厚重的大地摆山川流河。

老巫师坐在对面，恭敬地看着伏羲。

伏羲摆好卦，凝神屏气地看了一会儿，

抬起头，说：

  "老巫师，这些日子不对劲，

天一天比一天蓝，一丝乌云也不见；

太阳一天比一天红，烤焦了大地；

热得鱼儿发慌，不时跃出水面。

您看，我推演的卦象，

八卦乾为南，乾为天，乾为马，

血光满天，马声哀鸣，

这是天马宰杀之象，也是灭天之象。

人类有大灾难，

灾难一定来自上天，并与水有关。

这卦象让我背部发凉，心里恐慌！"

老巫师说：

  "我发现鸟儿搭高窝，

黄鼠狼堵洞口，蜜蜂采花忙，

蟋蟀草房子上叫，蚯蚓路上爬，

这都是天降灾难的兆头。

您说，这灾难能否躲过？"

伏羲说：

"这是天运，没法躲啊！

天运者，衰而盛，

盛而衰，无限轮回。

如今兴盛多年，盛极必衰，

天运所致，天灾必将降临！

老巫师，您看，

我腿边的这群蚂蚁跑来跑去，

好不慌乱，都是不祥之兆。

别看小蚂蚁，它们和上天也有感应，

其异常行动应该引起我们警惕。

昨夜，我做了个噩梦：

太阳掉下来，向女娲砸去，

女娲接住太阳，

伸手又把它挂在了天上。

梦醒之后，我心惊肉跳，

有种天塌地陷的恐惧。"

老巫师说：

"伏羲，您天生一双慧眼，

看啥也看得远，不像常人，

只看到脚面，看不到脚尖。

至于您做的梦，就别担心，

梦中太阳虽然掉了下来，

但女娲娘娘将它又挂了上去，

预示着有惊无险。"

"但愿我的卦不准，

但愿我的担心是多余！"

伏羲说完话，一股热风吹来，

吹乱他的长发，

乱麻麻的如同他的心绪。

嘎嘎嘎，一群乌鸦的尖叫，

从天空传来；

一群不祥的黑影，划过大地。

二

伏羲带领人们向高山迁徙，

走到山腰，骇人的一道雷电劈下来，

将他身边的一棵大槐树劈成了两半，

燃起大火，冒起浓烟。

那槐树四个人抱不住，

伸展的树枝，遮住了半个天空，

大风吹来时，会翻起滚滚绿浪。

没想到雷电的手指，

撕裂它如同人撕裂一棵灰菜。

伏羲身旁的几个人，

也被雷电击倒在地，

一身青黑，魂已飞离。

人们看到雷电也击在了伏羲身上，

而他的一根头发也没受到伤害，

只见他胳膊上那个"小白蛇"，

在雷电劈来时，闪闪发光。

雷电将伏羲也震懵了，

他看着几个被雷殛的人，喃喃道：

"我周围的几个人都死了，

为什么我还活着？"

老巫师走到伏羲面前，说：

"您是雷神的儿子，

他怎么能不放过您！

唉，寿命由天定，不由您，
请不要过于悲伤！"

又一道天崩地裂的雷电，惊飞了太阳，
天空被炸开了一个大窟窿，
天河之水骤然倾泻，
洪水暴涨，肆意奔流。
一条蛇一样的小溪，
瞬间变成了可怕的巨蟒……

伏羲心里一惊：
卦象与梦应验了！
他让老人孩子先上山，
自己带领一群年轻力壮的男女，
不顾个人安危，冲下山，
在洪水边奋力救人。

伏羲救了二十多个人，浑身又酸又痛，
可看着一双双伸出水面求救的手，
恨不得浑身生出无数双手，
将他们从洪水中一一救出。
石头硌破了脚，流出了血，

他也感觉不到疼痛，

心思全部扑在救人上。

他攥住一个小孩的手往上拉时，

脚下的岸塌陷，他也落进了洪水中，

但攥着孩子的手没有放松，

另一只手忙抓住河边的树枝，

才拉着小孩幸运逃生……

女娲在洪水边救了十多个人，

但还是自责不已。

休息的片刻，她对伏羲说：

"在救人的时候，

看到洪水中的珠儿和一位妇女，

同时向我伸手求救，

我先将珠儿一把拉上岸，

再想拉那妇女时她已被洪水卷走。

一想起她求救的眼神，我十分内疚。"

原来，珠儿在河边救出两个孩子，

伸手救一位妇女时，

不慎脚下一滑，落入水中。

她在洪水中游了二三十步远，

看到河边救人的妈妈，忙伸出一只手，
被妈妈一把攥住，才死里逃生。

伏羲看着女娲忧伤的眼睛说：
"请别过于自责，
如果是我，也会先救爱女。
天空的明月也有阴影，
但阴影不影响它的皎洁；
同样，不能因为你一点自私的母爱，
就否定自己身上的大慈大爱。"

三

伏羲看见河边浮出一个人头，
忙抓住那人的长发，
把他从洪水中拉出来。
那人双手撑在地上，吐了几口水，
随后躺下来，生气地问：
"你是谁？
我已活够了，为什么要救我？"
伏羲说：
"黑熊，我是伏羲。

你怎么说这样的话，

难道救人救错了？"

黑熊说：

"救人没有错，可看要救谁。

我是一个瞎子，看不见太阳，

看不见月亮，看不见路，

看见的只是没边边的黑暗。

我早已活够了，您救下我有啥用？"

黑熊眉头紧皱，眼睛里，

喷出看不见光明的绝望。

伏羲蹲下来，握着他的手说：

"你虽然是一位盲人，

可你活着比谁都有用。"

黑熊冷笑道：

"您该不是讥笑我吧？

什么也看不见的我，活着已是累赘，

死了好，再也不会将大家拖累。"

伏羲说：

"我知道你眼前没有一丝光，

四周全是无尽的黑暗，

走一步路都磕磕碰碰，

没有谁比你活得更艰辛。
如果你有勇气活下去，
就会激励我们，面对任何苦难，
会说，双目失明的黑熊都活着，
我们没有理由活不下去。
你活下去的勇气，
会给心灵陷入黑暗的人，
带来一束光。
黑熊，你活着，
生命自带光芒！"

有气无力的黑熊，
被一种无形的力量扶起来，
激动地说：
"伏羲，太阳做不到的您做到了，
您让我的心里亮堂了。
您的一番话给了我十头牛的力量，
我要活下去，活不下去对不起您。"

四

女娲从淤泥中，挖出一个小姑娘，

已经没有了呼吸。

她将小姑娘抱到溪水边，

一遍一遍，将小姑娘清洗。

小姑娘每根黑发上的淤泥，

小姑娘睫毛上的淤泥，

小姑娘鼻孔中的淤泥，

小姑娘嘴里的淤泥，

小姑娘耳朵中的淤泥，

小姑娘手缝中的淤泥，

小姑娘脚丫上的淤泥……

——被清洗。

最后，她为小姑娘编起了辫子，

手指的动作温柔过了春水，

担心稍有不慎，

会将小姑娘的秀发，弄疼。

五

四周水茫茫一片，

人们站立的高山已被洪水淹没了多半，

大地渐渐向东南倾斜，

人类面临着毁灭。

女娲有一个大葫芦，

里面能容纳三个人，

人们劝伏羲、女娲、珠儿，

坐在大葫芦里逃生，

遭到了他们的拒绝。

女娲对大家说：

"面临如此灾难，

痛哭没有用，祈祷没有用，

诅咒没有用，逃离也没有用，

大家只有团结起来，

结成一颗心，炼石补天。"

伏羲说：

"灾难并不可怕，

可怕的是我们失去战胜灾难的信心。

如果不能战胜灾难，

我们就不配做大地的主人！"

在女娲伏羲的鼓舞下，

小孩子信心倍增，

年轻人激情高涨，

白发苍苍的老人焕发出青春活力，

他们四处寻找着青石。

珠儿的双手磨破了，

还不顾疼痛搬运着青石。

黑熊，也抱着青石，竖着耳朵，

仔细听着前面人的脚步声，

一步一步走动。

他说自己的眼睛虽然看不见，

但还有一双手，不能让它闲着。

不少人磨破了脚底，

走过的路上留下一串串血印。

一位瘦弱的老人，咬着牙挣着命，

将怀里的青石抱到地方，

才咽下了最后一口气。

那堆积成山的不少青石上，

残留着道道血痕，

好像是青石流出的血泪。

六

女娲从陶罐里取出火种，
准备点燃那堆青石时，不料一股风雨，
将火种熄灭，只冒着几缕青烟。
她对着火种吹啊吹，
吹不出一点火星。

她望着天空的大窟窿说：
　"苍天，我们犯下了什么罪孽，
要将我们收走？
苍天，求求您发发善心，
放过我们！"
她的声音似无力的轻风，
没法唤醒苍天的怜悯。

珠儿大喊：
　"火精灵，你在哪儿？
快来将青石点燃，拯救我们！"

珠儿喊完话，
火精灵从远方跑来，

站在珠儿面前，说：

"姐姐，我来了。"

火精灵走向那堆青石时，

突然一股大风刮来，

将他刮进了深深的潭水。

落水的他，被藤缠住了一般，

不管怎么努力，就是挣扎不出来。

珠儿跑到潭边，手臂怎么伸，

也够不着火精灵，

看着火精灵由火红变暗淡，

她急中生智，头一甩，

长发落在了火精灵身边，急切地说：

"快抓住我的头发！"

火精灵说：

"我怕烧焦了你的秀发。"

珠儿说：

"头发烧焦了还会再长，

你还迟疑什么？"

火精灵抓住头发，

珠儿头一扬，将他拉上岸。

火精灵说：

"姐姐，烧疼了你的头发吧！"

珠儿说：

"头发哪知道疼。"

火精灵说：

"烧焦了姐姐的一绺头发，我心疼！"

七

火精灵走到堆积如山的青石面前，

对大家说：

"请你们离远点，

只留下珠儿，陪着我说话，

才能将这堆青石点燃。"

大家离开，只留下珠儿。

火精灵跳进青石搭成的洞，说：

"姐姐，我被潭水一泡，

浑身疲软，你要说一些暖心话，

才能恢复我的精神。"

珠儿说：

"火精灵，人类不能没有你，

有你，我们才有希望。"

火精灵说：

"我不想听你代表人类说的话，

只想听你对我说的话。"

珠儿说：

"你可爱又善良，

还有一副热心肠，大家都喜欢你。"

火精灵打了个哈欠，说：

"你这话说得我想睡觉，

我不在乎大家眼里的我，

只对你眼中的我感兴趣！"

珠儿说：

"你救过我的命，

我不知道怎么感激你。"

火精灵说：

"这也不是我想听的，

你要说一些暖心的话。"

珠儿生气了，说：

"你怎么这样坏?

这是要挟我和你谈恋爱。

你不看看，洪水在涨，

没几天，就会淹没高山，

人类就要毁灭，我快急疯了，

哪儿有心思和你谈情说爱。

告诉你，暖心的话我还没学会！"

火精灵说：

"姐姐，你误解我了，

我不是要挟你说暖心话，

而是我确实需要爱情的激发。

潭水吸走了我的不少热量，

怎能将一大堆石头点燃?

你只有说一些暖心话，给我助燃，

我才能完成拯救人类的使命。"

八

珠儿想了想，说：

"失去鸟人儿的日子里，

我的心灵无比寒冷，

是你给了不少温暖，

生活中才有了笑声。

我不光感激你，

也喜欢上了你。"

火精灵苍白的脸色有了红光，

暗淡的眼睛也亮起来，笑着说：

"请继续说下去，再给我一些热量。"

珠儿问：

"这还不够吗？"

火精灵说：

"远远不够，你要知道，

我对什么都不贪，只贪你的爱。"

珠儿一冷笑，说：

"火精灵，我爱你，我爱你！

这下行了吧？"

火精灵说：

"听话要听音，

你说的这话虽然我梦寐以求，

但口吻冷冰冰的，没有一点温度。"

珠儿怒气冲冲地问：

"爱，难道需要说出来吗？

说出来的难道是爱吗？

坏小子，亏你还是火精灵，

你睁大眼睛看看，

难道我心上没有你？"

火精灵听了，眼中喷出幸福的光芒，

头发也成了红红的火苗，

咧嘴一笑，说：

"你骂得好，

让我获得了热量，燃烧起来。

要点燃青石，这样燃烧不行，

还需要更猛烈地燃烧，

这就需要你深情地看着我。

姐姐，你知道我为什么燃烧吗？

因为我非常孤独，内心也凄凉，

在用热情的燃烧，为自己取暖。

别看我给人类带来了温暖，

可我也需要别人的温暖，

尤其需要你眼里投来的温情。

别人可以将我看成火焰，

而你要将我看成一个受冷的孩子，

给我更多的关爱。

你要深情地看着我，

我才能尽情地燃烧，

将青石烧成补天石。"

听了火精灵的一番诉说，

珠儿才感到他可爱又可怜，
不由激发起了她的母爱，
深情地看着他。

"姐姐，被你这样看着，
一股暖流流入我心间，
引爆了内心深处的热量。"
火精灵说完话，熊熊燃烧起来，
点燃了一块块青石。

火精灵兴奋地唱起了歌：
"我是快乐的火精灵，
我在释放爱的火焰！
我是幸福的火精灵，
我在释放爱的火焰！"

珠儿唱道：
"雪浪花开在河流上，
火焰花开在石头上。
火焰花开在石头上，
快乐花开在我心上。"

火精灵、珠儿的歌声，
感染得大家也唱起来：
"我们手牵手，
能抱起大山。
我们心贴心，
能撑起天空！"

九

块块青石燃烧起来，
你燃烧着我，我燃烧着你，
它们互相激励着燃烧，腾起的烈焰，
映红了人们的脸，映红了半个天空。

经过九天九夜的烧炼，
炼成了三万六千五百块五彩石，
块块美如五彩霞，
美得逼疼了人的眼睛。

伏羲站在人们用身体搭成的架子上，
女娲被他有力的双手高高举起，
用五色石补着天空的窟窿。

五色石磨破了女娲的手，

被火舌舔似的疼，

一串串血珠顺着手臂流下来。

一滴滴血打在伏羲身上，

他心里钻进了毒虫似的，

想喊疼，却只能咬牙忍着。

女娲身上的血，

烫疼了人们的眼睛，

一串串泪水流下来。

蚂蚁求救的声音，

花朵求救的声音，

鱼儿求救的声音，

星星求救的声音，

月亮求救的声音……

女娲都能清晰地听见。

她的脖子又酸又痛，

胳膊手指都肿了，

腰断了似的疼，

整个身子快要散架了。

可她不敢松一口气，

继续用五彩石补天。

用完最后一块五彩石，

天空还残留着一道缝隙，

从中射出支支水箭，

射凉了人们的心。

那缝隙，远比虎口还可怕，

一旦张开，吞掉的不光是整个人类。

女娲感到一只无情的手，

将她的心扯到喉咙，

噎得她喘不过气来。

啊，不能再迟疑了，

再一迟疑，一切生命便从大地上消失。

在这万分危急之时，

她回头看了伏羲一眼，

看了珠儿一眼，看了大家一眼。

那回望的目光，

有对亲人的眷恋，

有对苍生的悲悯，

有对尘世的无限深情。

随后，她眼含泪水，

向上一跳，将自己补进了天空……

顿时，大雨停息，

阴云化为朵朵白莲，

天空被圣水清洗过似的，

蓝得有点刺人的眼。

女娲的倩影，

化成了一道七彩虹，

挂在蓝蓝的天空。

成百上千的人，饱含热泪，

朝着彩虹长跪不起。

人们深情地唱道：

"老天无情，

收我女神！

无情老天，

挖我心肝！

江河哭泣，

众鸟悲鸣。

女娲大爱，

日月同辉。"

十

洪流这条巨蟒袭来时，
一位男子将心爱的姑娘揽进怀里说：
"心爱的，别怕，
我们看到的不过是一场噩梦！"

他真切地体会到，
活着比爱情重要，
他宁可不要爱情，
也想让心爱的姑娘活下来。

洪流这条巨蟒，
从他俩的腿到腰到胸缠绕上来。
姑娘说如有来世，
仍甘愿死在他怀里。

灾难过后，人们从淤泥中，
挖出一对情侣。
他俩的生命虽然冷成了冰，
但爱的手臂还活着，仍紧紧抱在一起，
大家的耳朵清晰地听到两颗相爱的心，

依旧在怦怦跳动……

十一

夜，
静得能听见星星眨眼的声音。

珠儿说：
　"妈妈，您用生命补好了天空，
　我的心却被疼钻了一个血洞。
　妈妈，您一走，天都低了，
　我走路，被天碰疼了额头。

　"我站在高山上大喊妈妈，
　热情的群山也帮着我大喊。
　喊妈妈的声音在天地间久久回荡，
　就是听不见妈妈的回声。

　"妈妈，您的选择，
　对得起整个人类，
　唯独对不起您的女儿。
　再没有妈妈叫了，

我成了可怜的弃儿。

"夜里，我睡不着觉，
就对着夜空喊妈妈，
喊落所有的星星，
落成草尖上的泪珠，
就是听不见妈妈的回声。

女娲幽魂说：
"珠儿，你内心为失去妈妈而滴血，
妈妈的心也被撕裂似的疼痛。
可我不补天，猛兽般的洪水，
会让天下更多的孩子失去妈妈，
也会让更多的妈妈失去孩子。

"假若有来世，
珠儿，我要找到你，
继续做你的妈妈，
将欠你的母爱一点一点还清。

"珠儿，你要想开些，
即使妈妈不补天，

终有一天还会离开你。

"珠儿，擦干眼泪看看，
不少善良的妇女也为你的痛苦而流泪，
在她们眼里你就是她们的女儿。
将自己看成她们的女儿吧，
就有无数关爱你的妈妈。"

十二

如钩的月，潜在水中，
静静地等着鱼儿咬。

伏羲说：
"心爱的女娲，
你生命化成的七彩长虹，
在我眼里是一道无法愈合的伤口，
我的每一滴泪疼得流泪，
每一滴血疼得滴血。

"壮丽的山川大地，
都觉得是巨大的虚无。

流着霞光的一江春水，
抵不上你的一丝柔情。
只要再能拥抱一次你，
即使失去双臂我也愿意！"

女娲幽魂说：
"伏羲，请别悲伤，
我的生命并没有消亡。
夜晚，我活在你的梦中，
白天，我活在你的脑海。

"我留下的可爱的儿女，
血管中流淌着我的血液。
看看他们的皮肤、眼睛和头发，
个个都是再生的女娲。

"我救过的善良的小麋鹿，
喂养过的调皮的小花狗，
饲养过的可爱的小白兔，
它们眼中都存留着我的笑容。

"我的生命已化为一滴滴水，

流淌在滋养万物的河流里；
我的生命已化为一粒粒种子，
在大地宽厚的胸膛生生不息。

"请将受伤的小鸟送回暖巢，
将迷路的小羊送回家园，
将我们的部落引向文明的高地，
便是对我最炽热的情最深沉的爱！"

伏羲说：
"女娲，经过无数难眠之夜，
我想通了，你是我前世杀死的仇人，
此世借着柔情，来复仇。
仇人，往往比魔鬼精明，
知道再凶猛的野兽，
最多只能伤害我的生命，
而柔情，则能刺穿我的心灵。"

女娲幽魂说：
"伏羲，你说得对，
前世我就是被你杀死的仇人，
这世找到你，讨血债。

确实我比魔鬼还精明，

知道你把爱看得比自己的生命还珍贵，

等到你将我爱进了骨头，

我才选择了离开。

不过，报了一次仇还不够，

假若有来世，还要找到你。"

伏羲说：

"女娲，那我下一辈子，

还要站在大地湾，

等——你，等——你！"

十三

女娲胸前戴的一枚鸡心石，

那是多年前伏羲从清水河里捡到，

送给她的礼物。

她补天的瞬间，

鸡心石掉到了大地湾。

来年，那儿长出了一片桃林，

结出的桃子，甜了天下苍生。

女娲遗留下来的一双鞋，
变成了一对喜鹊，飞来飞去，
给人们喳喳报喜。

第八章　让人低下头颅的，只有大爱

一

草想静静地沐浴阳光，
风却不时来骚扰。
羊想安稳地度过一生，
狼却惦念着它。

生活在太阳山的牛酋长，
不时带着部落的一些壮汉，
溜进大地湾，抢夺夜明珠。
每次，双方都要死一些人，
彼此结下了不可化解的仇恨。

伏羲对大家说：
"牛酋长来犯多次，
我们死了不少兄弟。

若他们再来抢夺夜珠明，

我们要彻底征服他们。

思来想去，我们部落要真正强大，

不能老守在两山夹一河的大地湾。

大地湾太小，不能放下我们的梦想。

我们要有使命感，

带着火种，去传播文明！"

二

牛酋长领着一些人再来抢夜明珠时，

有准备的伏羲带着大家，

不仅驱走了牛酋长他们，

还举着蛇旗，挺进太阳山，

与牛部落展开了大战。

牛酋长有三头牛的力气，

每次打仗，总是冲在最前，

将生死抛在脑后。

牛部落的人也个个勇猛，

打起仗来如同疯牛。

伏羲率领蛇部落，在太阳山一带，

与牛部落交战了几次，

各有胜负，谁也不服谁。

双方都死了不少人，

空气中弥漫着浓浓的血腥味。

这一天，伏羲率领族人，

在太阳山脚下与牛部落再次对阵。

伏羲对牛酋长说：

"和你打了几次仗，死了不少兄弟，

我心疼，不想再流血了。

送你一群肥羊，

换太阳山，你可愿意？"

牛酋长说：

"太阳山是太阳升起的地方，

它是一座神山，怎么能用羊换取？

如果你真心要换，就用夜明珠。"

伏羲说：

"在我心中，十座太阳山，

也没夜明珠有分量。"

牛酋长说：

"夜明珠虽然是难得的珍宝，

但我打败了你们，自然会是我的。

我们牛部落的人，个个身壮如牛，

你们哪儿是我们的对手！

赶快放下手中的棍棒，

趁早投降，还能保一条性命。"

伏羲说：

"在我眼里，你们跟老鼠差不多，

猫一叫，便会夺走你们的魂。"

伏羲的话，点燃了牛酋长心中的怒火，

牛酋长挥了挥手中的棍，

两个部落便交战在一起。

牛酋长抡起棍，朝伏羲的头打去，

伏羲灵敏地一躲，

棍落在了一块石头上，

石头被打疼了似的，兔子般跳起。

伏羲手中的棍，朝牛酋长的小腿扫去，

牛酋长纵身一跳，棍扫在一块石头上，

石头像被狼咬了的狗一样，

朝远方逃去，踩得大地嘭嘭响。

伏羲感到十只猛虎跑进了体内，

一座大山自己也能举起。

牛酋长觉得体内跑进了十头壮牛，

有使不完的力气。

两人手里挥舞的棍，

充满了不可遏制的搏杀欲望，

打疼了虚空，发出呜呜声，

生出的风，吹得阳光乱飞……

面对血淋淋的战争，

火精灵伤感道：

"阳光洒在身上，

雨水渗进根部，

再有鸟儿来筑窝，

享受着清脆的歌声，

已满足了树的全部欲望。

而树的一截，

一旦变成人手中的武器，

它就染上了魔性，

对生命充满了仇恨，

恨不能一击敲出人的脑髓。

"躺在大地怀抱中的石头，

从来不想被谁送上天空，

成为人们仰望的星星。

它只想静静地躺着，

让小草围绕着自己，

淋淋雨，晒晒太阳。

而石头一旦被人拿起，

参加了残酷的战斗，

它便有了嗜血的欲望，

恨不能一击夺走人的魂。

甚至石头对石头也仇恨起来，

互相撞击出仇恨的火星。

"天地间的万物，

一旦被人操控，

就有了人的欲望。

万物啊，愿你永远活成自己，

不要将人类的邪恶染上！"

棍棒的撞击声，人的嚎叫声，

受伤者痛苦的呻吟，

交织在一起，在山谷间轰鸣，

惊起各种鸟，尖叫着向远方飞去。
地上的不少石头，
被倒下的一条条生命砸疼，
疼出血红的伤口……

三

蟋蟀的鸣叫，叫浓了夜色。

伏羲坐在一块石头上，
珠儿坐在他对面，说：
"爸爸，鲜血，将我的眼睛烫伤了，
看河水是红的，看月亮也是红的，
它们好像都在流血。
我喜欢各个部落和平共处，
不愿意看到流血的战争。
战争比虎狼还要残酷，
让不少人失去了生命。
我们为什么要征服牛部落？
征服他们有何意义？"
伏羲说：
"我们是文明人，他们是野蛮人，

征服他们，是为了弘扬文明。"

珠儿说：

"既然我们是文明人，

可为什么要发动不文明的战争？

仇恨、死人、流血，

本来就是最大的不文明。"

伏羲说：

"我也不愿看到流血的战争，

可我们不消灭他们，

他们会消灭我们。

与其让黑暗战胜太阳，

还不如让太阳战胜黑暗。"

珠儿说：

"可站在他们的角度看，

我们不是太阳，

而是让他们恐惧的黑暗。"

伏羲沉思了一会儿，说：

"我们从不杀俘虏，

而他们掳去我们的人，

会当野猪一样活活打死，

甚至还吃俘虏的肉饮俘虏的血。

我们有文明的火种，他们没有。

文明要战胜野蛮，不能仅靠文明，
还需要野蛮的战争。"

珠儿听了爸爸的话，
发出一声无奈的叹息。
叹息击中了一颗星星，
划出一道亮丽的忧伤！

珠儿望着星空，想了一会儿，说：
"爸爸，有一个问题困惑着我：
人活着到底有无意义？
如果有意义，那它的意义是什么？"
伏羲说：
"珠儿，有意义还是无意义，
我想听听你的想法。"
珠儿说：
"这就随人的心情而定，
心情好时，感到活着很有意义；
情绪低落时，感到自己成了多余。"
伏羲说：
"神既然能造出天地万物，
肯定有造出人生意义的能力，

可为什么不造呢？

这就是神的智慧。

假如神造出了人生意义，

人就活不下去了，因为人得到意义，

活下去就再没有了意义。

于是，神偏不造，

人生的意义由自己去寻找。

即便人生没意义，我们认真探求，

也是人生的意义啊！"

四

温柔最有力量，河水用温柔，

将月亮，牵引到自己怀中，

吐露着水灵灵的光芒。

珠儿看到火精灵站在河边，

她忙躲在一棵大树后，

听见火精灵自言自语：

"太阳，是天空爱出来的；

花朵，是大地宠出来的；

珠儿，是天和地疼出来的，

一想她的名字，我的心就会跳动！

"夜空的月亮和水中的月亮，
哪个更美，我分不清，
但能分得清，珠儿比月亮更美。
我的头脑中开了一朵花，叫思念，
因思念她，日子过得好温馨！

"我的一双手，想化成月光，
抚摸她的缕缕青丝。
我的生命，想化为一枚红记，
永远长在她的眉心。

"爱是卑贱的，
会将对方爱高，将自己爱低。
爱得太深了，
会掉进爱的深渊，可我愿意。

"珠儿不知道我多么爱她，
可大地知道，我的相思泪，
不知滋润了多少小草。
河流也知道，我苦涩的泪水，

不知咸了多少游鱼。

"这一生，最让我幸福的是，
遇见了心爱的珠儿，
我的生命因她而燃烧。
而让我痛苦的是，
不管我多么爱她，
却永远不能拥抱她，
我的拥抱会将她烧伤。
啊，我为人类照亮，
而人类也用最美的语言将我赞美，
可我的情感陷入了黑夜，有谁能看见？

"我的双手燃着一团强烈的欲望，
想摸摸她的秀发，可只能忍着；
我的嘴唇也欲火熊熊，
想吻吻她，可我不能。
我用火焰的热情爱着，
还要用冰雪的冷静忍着，
快乐与痛苦强烈地对抗着，
让我焦虑不已！

"我想了无数日日夜夜，

就是想不通为什么深深爱着她？

如果能将爱放下，

我的生命可能会失去火焰。

命中注定，只能为爱而燃烧……"

珠儿听到这里，

想起了为她取太阳而逝去的鸟人儿，

心头被猫挖了一爪子似的难受。

再想到她与火精灵的爱而不得，

苦涩的浪潮撞击着心扉，

不由从树后走出来，

走到火精灵面前，恨恨地说：

"火精灵，我是一个弱女子，

需要一副肩膀靠靠，

需要被一双胳膊抱抱，

还需要温柔的吻。

作为少女，这些小小的愿望不过分吧？

可你能满足我吗？

鸟人儿是我的第一个仇人，

他将我的心撕成了两瓣。

你是我的第二个仇人，

你炽热的爱，烧疼了我的心！"

珠儿说完话，
落下了一串串辛酸泪。
泪打在小草上，
打弯了她的细腰。

五

伏羲知道与牛部落硬碰硬占不了上风，
便改变了作战策略，
率领自己的部落一会儿声东击西，
一会儿声西击东，
将牛部落拖成了瘦牛。

屡屡受挫的牛酋长眼看败局已定，
便想了一个奇招：
领着几个力气大的，
潜藏在蛇部落附近的密林中，
等待时机，除掉伏羲。

一天黄昏，藏在密林中的牛酋长，

发现伏羲的爱女珠儿，

提着陶罐在河里汲水，

便向几个手下使了使眼色。

他们偷偷溜到珠儿身后，

上前捂住她的嘴巴，

将她挟持到了一个隐秘的洞穴，

想以此来打败伏羲。

一个手下对牛酋长说：

"牛酋长，珠儿美似仙女，

您艳福不浅啊！

睡一回这样的美女，

下一辈子变成猪也不亏。"

另一个说：

"呀呀，怎么这样美，

把我的眼睛都看花了。

让我摸一下她的脸蛋，

死了都愿意。"

牛酋长发火道：

"闭上你们的臭嘴，

还不撒泡尿看看自己的模样。

谁也别胡思乱想，

我想用她彻底打败伏羲。

蛇部落有不少美女，

只要我们打败了他们，

那些美女任大家挑选。

现在要看好她，不能让她逃走。

如果她逃了，

我要剥你们的皮，吃你们的肉！"

六

两个部落再次对阵时，

牛酋长将珠儿五花大绑，

押到最前面，说：

"伏羲，这是你的女儿珠儿，

如果你想让她活着，

要么就带着你的部落乖乖投降，

要么我打发几个人过去，将你绑了，

送到我手里，再把她换回，

否则她会成一个死鬼。

蛇部落的人，你们听清楚，

伏羲到了我手里，
你们要后退到我看不见的地方。
如果你们有抢走他的非分之举，
我会一脚将他踢下悬崖。"

绳子无法束缚珠儿的美，
她披下来的长长黑发，
吸引来阳光在上面跳舞；
睫毛上，挂着无尽春风；
眼睛，含着一湖春水；
春天最美的花瓣，
做了她眉心的红记。

珠儿向牛酋长一笑，说：
"牛酋长，请允许我与爸爸说几句话，
再交换人质。"
得到牛酋长的默许，珠儿说：
"爸爸，您还记得不，
小时候我问您与妈妈，
我从哪儿来？
为什么我的名字叫珠儿？"

伏羲说：

"怎么不记得？你妈说，

你爸把心掏出来，我把心掏出来，

你爸的一双手，还有我的一双手，

将这两颗心揉在一起，

才捏成了一个你。

在我们心里，你比眼珠子还珍贵，

于是给你起了个名字，叫珠儿。"

珠儿说：

"爸爸，您要将其他孩子，

也要看成是您与妈妈的心捏出来的。

您要当所有孩子的爸爸，

不能只当珠儿一个人的爸爸。"

伏羲说：

"珠儿，有你这样的女儿，

爸爸没有白来世一趟！"

珠儿对站在伏羲身边的火精灵说：

"火精灵，在你点燃青石的那一刻，

你的美永远刻在了我心里。

感谢命运，让我今生遇见了你！

被你在乎，也是我的福气！

希望你将我爱浅些，将人类爱深些。"

火精灵说：

"珠儿，被你刻在心里，我非常欣慰！

将你爱浅些，将人类爱深些，

这点我永远做不到。

我连你都不深爱，怎么能深爱人类！"

牛酋长说：

"别再啰嗦了。

伏羲，你到底换不换？"

伏羲说：

"牛酋长，请你手下留情，

我愿将女儿换回。"

珠儿大声说：

"爸爸，我给您说的一席话，

您难道没有听明白？

您是我们部落的太阳，

失去您，我们部落会天昏地暗，
珠儿就是活着还有什么意义。
您不能为了我一个人，
将整个部落舍弃！"

伏羲说：
"我连女儿都保护不了，
还算什么太阳！
珠儿，我已失去了你妈妈，
再也不能失去你，宁可失去自己。
牛酋长，快打发人过来绑我。"

牛酋长一挥手，
手下的几个壮汉有的拿着绳子，
有的操着捧，有的提着石斧，
一步一步向伏羲走去。

珠儿瞟了一眼悬崖下的滚滚洪流，
心惊胆战，但失去爸爸，
蛇部落便会掉进深渊。
上次交战中，牛酋长失去了一儿一女，
他肯定要除掉爸爸以解心头之恨。

这样，蛇部落就失去了主心骨，
终会从大地上消失。
妈妈为了人类，将自己补进天空，
我为什么不能为了部落，
舍去小小的自己！

她看到爸爸失去了理智，
在老老实实地等待着被俘，
就大喊一声"爸爸、火精灵保重"，
便纵身一跳，从悬崖上飞了下去。
牛酋长看到珠儿落入急流，
脸上露出几分怜惜，
不由给押解她的人一记响亮的耳光。

伏羲感到一声炸雷，
炸黑了天空，炸黑了太阳，
炸黑了青山绿水，将他的内心，
也炸成了黑色的碎片，
流出的血都是黑的。

看着珠儿被滚滚洪流吞没，
火精灵感到十座雪山围拢过来，

将他逼成一团愤怒的火焰。
他冲向牛部落，
烧着了不少人的头发，
他们乱作一团。

珠儿是蛇部落的仙女，
她的死激起了蛇部落的怒火，
人人都成了愤怒燃烧的火焰，
恨不得将牛部落的人烧成灰烬！
他们以非凡的神勇，
将牛部落打得一败涂地，
并且活活网住了牛酋长。

七

伏羲准备除掉牛酋长的前一晚，
女娲幽魂款款向他走来。
伏羲流着泪说：
"女娲，我对不起你啊，
没有守好你留下的珠儿。
在残酷的战争中她丧失了生命，
她在世上只活了十八岁。

明天，太阳升起的时候，

我要用牛酋长的鲜血，祭奠女儿！”

女娲幽魂哭着说：

“伏羲，珠儿的生命刚刚绽放，

还没有盛开就已凋零，

我的一颗心被撕成了无数碎片，

疼得已经感觉不到疼。

可咱们不要只看到自己的不幸，

战争中，牛酋长失去的是一儿一女，

他的痛苦比咱俩的还要多。

你要留他一条活命，为己所用，

才能真正将牛部落征服。

战争只能征服肉体，却无法征服人心，

让人低下头颅的，只有大爱。”

伏羲说：

“放过仇人，

我还没有这样的胸襟。

我能咽下火焰，

却无法咽下血仇！”

女娲幽魂说：

"请你冷静地想一想，

即便将牛酋长嚼着吃了，

能治愈你失去女儿的伤痛吗？

每次战争，会让不少父母失去儿女，

也会让不少儿女失去父母。

为了减少人类的苦难，

唯一的出路就是走向和平。

你心里积聚着太多的仇恨，

还纠结个人的恩恩怨怨，

恐怕连自己也拯救不了，

怎么能心怀天下拯救苍生？

伏羲，只有放过仇人，

才能超越自己，成为引领大家的神！

你要想将人类引向真正的文明，

需要更博大的悲悯情怀。

"伏羲，你画的八卦，

比你聪明，能解决你的困惑。

那两条黑白分明的阴阳鱼，

互相依存，才生万物。

独阴不生，孤阳也不长啊！

蛇部落与其他部落，

只有合和成阴阳鱼，

才符合天道，给苍生带来祥和！"

八

牛酋长认为自己必死无疑，

在绝望地等待着伏羲的处决。

他做梦也没想到，

伏羲会亲手打开网，将他放出来，

想与他结为好兄弟。

牛酋长说：

"伏羲，我是您的仇人，

逼死了您的爱女，

可您为何还要给我一条生路？

我死活想不明白！"

伏羲说：

"牛酋长，你失去了一儿一女，

心上比我还多一道伤口。

即使我把你活活吃了，

你将我活活剥了皮，

都不能换回自己的亲骨肉，

也不能减轻内心的疼痛，

只能增加彼此的仇恨。

我不想让仇恨继续下去，

只渴望你放下心头的仇，

我放下心头的恨，

让蛇部落与牛部落融为一体，

如兄如弟生活在一起。

人不光要爱自己的同胞，

还要爱整个人类！"

牛酋长发现，

伏羲眼睛流露着孩童般的真诚，

说出的话也句句真，便恭敬地说：

"如果是我，打败了您，

给您一条生路，我绝对做不到。

现在我才真正理解，

您为什么是伏羲！"

牛酋长深切地感受到，

自己不过是头猛牛，

而猛虎的威武加天空的胸怀，

再加土地一样深厚的仁慈，才是伏羲。

自己的部落不过是一条小溪，

而伏羲的部落是一条气势磅礴的大河，

小溪只有融入大河，才会长流不息！

牛酋长与伏羲歃血为盟，

结为兄弟，并招集来四散的部下，

心甘情愿地投诚了伏羲。

九

"天灵灵，地灵灵，

羊皮鼓一敲神来了。

天上的神来了，

山上的神来了，

地上的神来了，

水里的神也来了……"

老巫师一边敲羊皮鼓，

一边高声唱。

伏羲用骨针刺破自己与牛酋长的食指，

往陶盆里的黄花汁液中，

滴了几滴鲜血。

随后，伏羲用羊毛蘸着汁液，

在鹿皮上画了一条蛇，

蛇头上面添上了牛耳。

晒了一会儿太阳，

那有牛耳的蛇，黄灿灿的，

和金黄的霞光能媲美。

伏羲将兽皮挂在长杆上，

便成了蛇部落与牛部落融合的大旗！

在伏羲的带领下，

大家面对大旗，

跪下来，叩了三个头。

伏羲站起来，对大家说：

"这面旗，要立在我们心中，

我们都是神圣的护旗手！"

十

一天黄昏，伏羲来到爱女跳河的地方，

采了一些鲜花，撒进河里，

河面上浮现出珠儿幽魂。

伏羲含泪道：

"女儿，我没尽到父亲的责任，

没有保护好你！

我征服了不少部落，

赢得了一次又一次胜利，

成了人人仰望的神，

可这一切都无法减轻失去你的伤痛。

"珠儿，如果广袤的土地，

太阳一样耀眼的荣誉，

能换回你鲜花般的生命，

我愿将这一切舍弃。

"人人将我崇拜成了神，

可谁知道我内心的沉痛。

神，远比人孤独。

我拥有了神的孤独，

谁能理解我的苦闷。"

珠儿幽魂说：

"爸爸，请您不要过于悲伤，

天下不少像珠儿一样可爱的孩子，

他们都是您的孩子，还需要您的庇护。

"爸爸，在这个洪荒时代，

您不当英雄谁当英雄?

您不沉痛谁沉痛?

您不孤独谁孤独?

"爸爸，不要流泪了，

您的泪水打疼了女儿。"

伏羲说:

"假如有来世，

我再也不想成为人人仰望的英雄，

只想变成一只鸟，

你和你妈也变成一只鸟，

我们就在大地湾的上空自由飞翔!"

十一

伏羲说完话，一转眼，

发现火精灵站在身边，便说：

"你与珠儿说说话吧！"

伏羲离开后，火精灵说：

"珠儿，我是树的儿子，

头脑里全是绿色的思想，

只渴望大地的每个角落充满生机，

从来没有一点恨，可现在有恨了，

恨夺去人们生命的战争！"

珠儿幽魂说：

"火精灵，我也恨战争！

胜利者和失败者都要流血，

流的都是人类的鲜血。

不过我坚信，人类有一天会走向和平，

如同大地上的花草那样，相亲相依。"

火精灵说：

"我不害怕焚烧，

可战争中人们流出的鲜血，

把我的眼睛烧疼了，

把我的心也烧疼了。

聪明的人类啊，

为什么不将聪明用来和谐相处，

而是用来你征服我我征服你！

我来到人间，本来是为爱而来，

可又偏偏失去了心爱的你。

珠儿，我不光恨战争，

也恨你，没想到你是那么贪婪，

竟带走了我活着的意义！"

珠儿幽魂说：

"只要真心爱过，

爱就不会消亡。

火精灵，你对我的爱，

难道随着我生命的结束就结束了吗？"

火精灵说：

"对你的爱，还在继续，

我日日夜夜都在思念你。"

珠儿幽魂说：

"既然爱还在你心中继续，

那我的生命照旧在你的思念中延续，

你就没有理由说活着没有意义。"

火精灵说：
"你一走，我可能是太痛苦了，
痛苦得只想跳进水里淹死自己。"

珠儿幽魂说：
"火精灵，你要感激痛苦，
只有痛苦证明爱是真的。
你越痛苦，才证明爱得越深；
如果不痛苦，就不配拥有爱情！
再说，你也没白爱，
我活着时，心在想你；
离开了人世，魂在想你。
其实，我内心也有恨，
怎么就爱上了你？"

第九章　伴随伟大开拓者的，唯有孤独

一

伏羲对大家说：

"水比人聪明，

水比人的眼睛亮，

跟着河流走，

一定会走得天高地阔。"

伏羲沿着河流开拓着疆土，

每拓展一片土地，

都要发生一场又一场战争，

不少鲜活的生命，化为沉默的泥土。

弓箭、石弹、石刀、石斧，

野牛、野马、黑鹰、猎狗，

角声、埙音、口哨、狂喊，

杀伐、征战、流血、白骨……

冰与火纠缠，野蛮与暴力厮杀，
狡猾的狼群吐着火红的舌头，
潜伏在战争的边缘地带，
伺机想饱尝倒下去的躯体。
白发苍苍的老巫师额头叩响大地，
祈求上苍还大地以安宁。

看着鲜血染红了青草，
伏羲内心痛苦得痉挛。
为了减少尘世间的苦难，
必须扛起文明的猎猎大旗。

二

征服了不少部落的伏羲，
并没停下脚步，而是率领大家，
沿着河流的方向，继续前行。

伏羲碰到了强大的虎部落。
虎酋长骁勇无比，威力似猛虎。

一次，虎酋长寻找猎物，

一只饿疯的恶狼向他扑来，

他大吼一声，

吓破了胆的狼，瞬间毙命。

伏羲准备攻打虎部落前，

用火烤龟甲，上面出现了道道裂纹。

老巫师一看，脸色发黄，便竭力劝道：

"这是凶卦，不祥。

龟甲已上千年，

是灵物，代表上天说话，

暗示我们不能草率行事。

如果我们强行攻打他们，

便是与上天作对，

要赢下战争，没有可能。"

大家点头附和道：

"老巫师说得有理，

我们不能逆天行事啊。"

伏羲沉思了一会儿，说：

"老巫师说得有道理，

但也不全对。

龟虽然是灵物，但人是灵中之灵，

我们要相信自己更能代表上天。"

三

伏羲和虎酋长相逢，
仗没打一阵，虎酋长便领着部下退逃。
伏羲追得快了虎酋长逃得快，
伏羲追得慢了虎酋长逃得慢，
虎酋长好像是在挑逗，不像在打仗。

伏羲率领大家追到山谷深处，
太阳溜走了，虎酋长他们也溜走了，
不见一丝踪影。
黑夜吞食了一切，什么也看不清，
只见星星眨巴着诡异的眼睛。

老巫师说：
　"不好，虎酋长足智多谋，
我们钻进了他的圈套。
我们没听龟甲的神示，
违背了天意，初战不利啊！"

伏羲说：

"别说丧气话，我们想想办法，

怎样从黑天黑地的山谷中走出去。

这里的地形不熟，

最好的办法是原路返回。"

伏羲领着大家走了好一会，突然说：

"虎酋长熟悉地形，

原路返回说不定正会中了他的诡计，

我们回到谷口时，

他有可能正等着我们，

那样我们一定会吃败仗。

最好的办法是我们人分两路，

一路由牛酋长与老巫师领着原路返回，

一路由我领着另辟蹊径。

太阳升起的时候，赶到谷口，

对虎酋长他们来一个两面夹击，

打他一个措手不及。

牛酋长、老巫师，请记住：

快到谷口，领着大家先藏起来，

一听到我吹牛角，赶快往外冲！"

牛酋长说：

"伏羲，这个办法虽妙，

可黑得什么也看不见，

您怎么能另辟蹊径？"

伏羲喊了一声"火精灵"，

没有回应，大家接着喊，

喊了半天，喊来了火精灵，

人人的眼睛也亮了。

伏羲见火精灵郁郁寡欢，便问：

"你遇到了不高兴的事吧？"

火精灵说：

"我是树的儿子，只了解树，

你长你的，我长我的，

和和气气地生活在一起。

而人类，怎么就那么好斗，

好像你吃了我，我吃了你，

才能活下去。

人太贪婪了，对啥都想征服，

都想变成自己的。"

黑熊说：

"火精灵，不说这话能憋死你？

你的话比乌鸦的还多，

吵得人耳朵里起火。"

火精灵说：

"黑熊，你有权捂住自己的耳朵，

却无权堵住我的嘴巴。

话装在心里虽然憋不死人，

可思想失去自由就会发霉！"

伏羲说：

"火精灵，嘴巴长在你身上，

爱说啥就说啥，可要把路带对。"

火精灵继续唠叨：

"鸟儿飞上云端，

只是借着飞翔在释放内心的快乐，

从没认为自己征服了天空。

有两条腿的人，登上山顶，

就认为征服了大山，

却不知道借着山的高度反省：

自己不过是粒尘埃，

不值得被大风一吹！

人瞧不起的一粒沙子，

百年后还在大地上，

而人却不知道在哪里？

和人类打交道时间一长，

我发现自己也失去了本真，

变成了自己不喜欢的模样！

我想回到妈妈的怀抱，

永远沉睡在她怀里，

可我失去了回去的路。"

火精灵虽然不情愿，

还是帮助了伏羲。

在火精灵的带领下，太阳升起时，

伏羲他们从另一条路走出山谷。

他们偷偷走到离谷口不远的地方，

才发现不出伏羲所料，

虎酋长他们果真守在谷口，

在安安稳稳地等待一场胜利。

伏羲吹响牛角，

牛酉长率领一行人从山谷中杀出。

虎酉长没想到自己会腹背受敌，

抵抗了一会儿，忙领着部下落荒而逃，

逃得慢的全做了俘虏。

四

虎部落的人，打仗非常勇敢，

伏羲避免与他们正面冲突。

伏羲巧妙周旋，

将虎酉长他们引进峡谷，全部包围。

伏羲对虎酉长他们说：

"你们看到了吗？

峡谷中到处都是枯草，

只要放一把火，

会将你们统统烧成灰烬，

但我不愿意看到惨烈的场面。

愿意留下的我会当成同胞，

不愿留下的可以离开。"

虎酉长问：

"伏羲，你说的可是真话？"

伏羲说：
"舌头虽然是软的，
可我说出的话能立起，
绝不会打一点弯。
要走的就走，要留的就留，
我绝不违背你们的心愿。"

虎酋长对部下说：
"要走的就跟上我走，
要留的就留下来，
由你们自己选择。"
其部下都愿意跟他走，
没有一个想留下来。

虎酋长说：
"伏羲，你看，
他们都想跟上我走。
他们全部跟上我走了，
你不后悔吧？
要不，我留下一半人，

也算对你的报答。”

伏羲说：

"强掰开的花儿不俊。

说出的话，泼出去的水，

我决不反悔！

心要走，人难留，

你们都走吧！”

虎酋长领着部下走出包围圈，

回头说：

"伏羲，感谢您的仁慈。

虽然您给了我一条生路，

但我打败您的心不死。”

老巫师对伏羲说：

"仁慈害了您，

这是放虎归山，留下了后患啊。”

五

月光下的树林中，

风与树叶交谈，心与心交流。

火精灵说：

"珠儿，自你走了，

我就掉进了痛苦的深渊。

爬出来，又掉下去，

没完没了，现在还爬着。

不过，为爱而痛苦，

生命也变得有了分量，值得珍惜。"

珠儿幽魂说：

"感谢命运，让我遇见了你。

我凄冷的时候，一念你的名字，

一颗冰冷的心就会热起来！

被你爱着，我深感幸福，

可你爱得这样痛苦，我很是不安。

面对痛苦笑笑吧，痛苦也会对你一笑，

这样，你就与痛苦和解了。"

火精灵说：

"现在，我才明白，

老天为啥赐给人间的爱情那么少，

因为人能享受爱情的幸福，

却承受不了爱而不得的痛苦。"

珠儿幽魂说：

"火精灵，不能将自己当石子，

全身投进爱情的湖水中。

爱情的深度，不可测量，

浅了碰疼你，深了溺死你。"

火精灵说：

"这一世错过，

那我就好好修炼，

下一世再遇见你。"

珠儿幽魂说：

"缘没有错过，

爱没有错过，

情没有错过，

痛没有错过，

唯一错过的只是结果。"

火精灵说：

"伤心就伤心吧，

痛苦就痛苦吧，

怨恨就怨恨吧，

纠结就纠结吧，

一切在证明真正爱过。"

珠儿、火精灵同时唱道：

"将爱种在月亮上，

思念织成一张网。

网着你也网着我，

想你举头望月亮。

"将爱种在大地上，

生出一树桂花香。

树在长爱也在长，

终会长到月亮上。"

六

过了数日，不服输的虎酋长，

带着一大队人，又与伏羲交战。

伏羲率领大家抗击了一会儿，

佯装打不过的样子，边战边退。

虎酋长他们追进峡谷，

山上哗啦啦滚下一些石头，

砸得他们鬼哭狼嚎、魂飞魄散。

虎酋长看到，受伤的都是身后的人，

而自己和冲在前面的几个人，

没有一个受伤，他才省悟：

伏羲要收服自己，为他所用。

哼，伏羲，要让老虎变成猫，

你想得怪美！

虎酋长手操长棍，脚下生风，

向守在阵前的伏羲奔去，

而伏羲站在那儿，面带微笑，

好像在欣赏他的狂跑。

这更激起了虎酋长心头的怒火，

他蓄足力气，将长棍向伏羲投掷去。

长棍像水中蛇一般，

朝伏羲射去，而伏羲一躲，

长棍深深扎进身后的一棵大树，

震得树叶纷纷落下。

伏羲不但没生气，

反而朝虎酉长竖起大拇指，

称赞他的威力。

虎酉长握着拳头，继续向前奔跑，

长发飞起，如一团黑色愤怒，

双眼喷射着逼人的寒光。

看那威风，不是一个人在奔跑，

而是带着一群猛虎在奔跑；

不是一个人在奔跑，

而是带着一条大河在奔跑……

飞翔的鸟儿为他的风采唱歌，

花朵为他的风采点头称赞。

接近伏羲时，草丛中跳出一根长绳，

将虎酉长绊倒，几个好汉立马扑上去，

将他牢牢捆绑……

七

虎酉长，身着豹皮坎肩，

目光镇定如磐石，没有一丝怯懦，

抵得上十只猛虎的威风，

宁可站着死，也不跪着生。

伏羲被他的气节所折服，

亲手为他解开绳索，说：

"虎酋长，你从头到脚都是虎骨，

天塌下来都能撑起，

让人从心底敬服。

看在你硬气的份上，

再给你一条生路，你走吧！"

虎酋长说：

"我已欠了您一条命，

再不想欠下去。

世上，我谁也不服，

只是服您，您的胸襟能包容天地。

可我只要还有一口气，

就永远不会屈服任何人。

让雄鹰变成鸡，

鹅卵石变成软蛋，

绝对没有这种可能。

伏羲，您杀了我吧，

死在您手里无上光荣！"

伏羲说：

"你的品行如夜空的明月，

让人仰慕，我怎么能忍心杀你？

我的手想杀你，可我的心不愿意，

只想让你成为我的好兄弟，

一道开辟新天地。

你要相信，你我来世一趟，

一定有非凡的使命在身！"

虎酋长感到伏羲的眼睛如山中潭水，

虽然深得看不到底，但不失清澈，

话也是从心灵流出来的，

带着感人的温馨，

于是，对伏羲生出了由衷的敬意。

虎酋长召来部下，真诚地说：

"伏羲，勇敢而仁慈，

他不是大地上的人，而是大地上的神。

兄弟姐妹们，将心掏出来，

献给伏羲，跟着他走，

他绝不会亏待你们。

请你们一定牢记：

忠于伏羲就是忠于我，

背叛伏羲就是背叛我！"

他将自己的部下劝降后，对伏羲说：
"让手下人追随您，
我已完成了自己的使命。
伟大的伏羲啊，我的一颗心啊，
多想跟着您走，可我的骨头不愿意，
欠您的，来世再还！"

他说完话，一头撞向一块巨石，
结束了自己桀骜不驯的一生。

伏羲对着虎酋长的尸体大哭一场，
说他的不屈精神让天地动容，
并为他举行了隆重的葬礼。

八

一颗夕阳，在天上，
一颗夕阳，在水中。
两位闪光的孤独者，
互相凝望。

火精灵问：

"伏羲，您征服了不少部落，

成了人人敬仰的神，

您觉得自己幸福吗？"

伏羲摇摇头，说：

"我获得的这一切，

好像与幸福不沾一点边。"

火精灵问：

"花草树木不及人聪明，

为什么它们活得比人幸福？"

伏羲说：

"只想尽情地开放，吐露芬芳，

这便是花的欲望；

只想沐浴阳光，吐出清香，

这便是草的欲望；

只想一个劲儿向天空生长，

这便是树的欲望。

它们的想法单纯，

而人有多种多样的欲望。

人都想追求幸福，

而幸福像月亮，怎么追也追不上。"

火精灵说：

"幸亏万物没有人那么多的欲望，

否则，太阳与月亮将会打得头破血流，

花草树木也会斗得缺胳膊少腿，

飞禽走兽亦争个不休，

哪有天地万物的和谐？

我崇拜聪明无比的人，

没想到人再聪明，

也解决不了欲望带来的痛苦。

万物都活成了自己，

而人因贪欲将自己弄丢了。

现在，我仍然崇拜人，

但对人多了一些怜悯。

唉，我也失去了本真，

再也回不到从前。"

九

深夜，昆虫在低吟浅唱，

相思的心在深情倾诉。

伏羲说：

"小草忍住不发芽，

花蕾忍住不开花，

蜜蜂忍住不飞向花丛，

闪电闪了个开头突然忍住不闪，

我就能忍住对你的苦苦思念。"

女娲幽魂说：

"伏羲，记得不？

你说过，能追到太阳的人，

不一定能追到爱情。

而你和我，在最好的年华遇见，

并相知相爱，走到一起。

咱俩幸福的一天，

抵得上不幸者的千年。

我唯一的遗憾是将你撂在半道，

没有陪你慢慢变老！

你要相信，爱有来生，

这辈子没有爱够，

下辈子还会接着再爱。"

伏羲说：

"女娲，我们的路越走越宽广，

我们的部落越来越强大。

不少部落只要听到我的名字，

便会主动求和，融入我们。

人人将我奉为神，把我的一根头发，

看得比他们的生命还重。

我打一个喷嚏，他们听到雷霆一般，

都要惊出一身冷汗。

我的一句话，一个动作，一个眼神，

他们都要琢磨半天，看有什么深意。

我被他们捧上了神坛，

虽然满足了我征服一切的愿望，

但我和他们的距离渐渐拉大。

还有我对天地的一些追问，

也没任何回音，还得苦苦探寻，

这让我更加孤独啊！"

女娲幽魂说：

"在你的带领下，

我们部落日益强大，

人人将你仰望成了神，

我也为之自豪。

人人认为你是神时，

可以借着神名干大事，

但千万不能愚弄善良的苍生。

你要清醒地认识到，

自己是人不是神。

你认为自己是高人一等的神时，

你就成了狂妄的魔鬼，

不可能带领人类进入真正的文明。

"来世一趟，谁不孤独？

因为孤独，才追求另一半。

你要感谢孤独，

因为孤独在证明你才是伟大的开拓者，

永远走在人类最前面。

伏羲，朝前看，

没人指引你，你感到孤独，

可你朝后看看，

有多少人在追随着你啊，

孤独便会烟消云散。"

十

风和日丽的一天，
谁也没想到晴天一声霹雳，
刮起了可怕的狂风。
那风远比牛有力气，
刮得石头乱跑，
刮得河水倒流，
刮得鱼飞出水面，
刮得天空发出牛的嚎叫。

风揪住人的头发，
就想将人揪上天空。
人人逃进山洞，躲起来，
不敢向外伸出头。
胆小的捂住耳朵，
怕听见风的吼叫。

火精灵，怕大风熄灭自己，
逃进幽深的山洞，藏匿。

狂风刮了一天一夜，

刮灭了星星。

刮了三天三夜，

刮灭了月亮，刮灭了太阳。

黑挤着黑，

黑得人左手找不见右手，

黑得眼睛成了多余，

人人的叹息都是黑的。

黑熊说：

"怎么这么黑啊，

黑得连我这个瞎子都能清晰地看见！

我眼前的黑，

比以前更黑了，黑得让人恐惧。"

老巫师跳着敲了一阵羊皮鼓，

虔诚地跪下来，双手合十说：

"老天爷，求您开开恩，

赐给我们光吧！"

伏羲安慰大家说：

"别担心，否极泰来，

没有永远的白天，也没永远的黑夜。
天地不会永远黑下去，
我有夜明珠，能点亮天地！"

伏羲从衣兜里掏出夜明珠，可没一会儿，
它的光芒就被黑暗一点一点吃掉了。

伏羲喊道：
"火精灵，你在哪儿？
我们正需要你。"

火精灵应声出现，
可他身上的光，非常昏暗。
他痛苦地说：
"莫大的黑暗围拢过来，
时刻蚕食着我的光。
孤独的我，就靠想想珠儿，
补充一丝丝光，与黑暗较量。
我身上的这点微光，
还是靠了爱的执念，
否则，早被黑暗彻底吞掉了。
我剩下的可怜的光，

比一根羊毛还微弱，

连自己也照不亮了。”

伏羲说：

“失去光明并不可怕，

可怕的是我们失去追求光明的信念。

黑暗捂住了我们的双眼，

我们要透过它的手缝，寻找光明。”

黑熊说：

“你们寻找光明吧，我不想寻找了，

我这个瞎子，已习惯了黑暗。”

伏羲说：

“黑熊，尽管你双目失明，

难道内心真正失去了对光明的渴望？

我们不能习惯黑暗，被黑暗奴役。

真正的光明不会朝我们走来，

全靠我们自己去追求。

我们一起奔跑吧，

跑成一团火焰，光明就会来临！”

大家跟着伏羲跑起来，

黑熊也融入到奔跑的人流。

他们边跑边唱：

"长风在天空中奔跑，

我们在大地上奔跑。

河水在河道中奔跑，

我们在黑夜中奔跑。

"太阳不跑了我们跑，

河流不跑了我们跑。

我们只有不停地跑，

生命才会熊熊燃烧……"

他们越跑越疯，

跑得热血沸腾。

人群中奔跑的火精灵，

暗淡的身体越来越亮，

亮成了红色火焰。

黑暗似黑色的湖水，

将他衬托得鲜艳如红莲。

火精灵自豪地大喊：

"黑暗，我不再恨你，还得感谢你，

你证明了我们都是火焰！"

火精灵身上的光，
将伏羲手中沉睡的夜明珠唤醒，
放射出夺目的五光十色。
伏羲激动出的泪花潮湿了睫毛，
一双手在微微发抖。
他深情地吻了吻夜明珠，
奋力将它投向夜空。

夜明珠如一条飞龙，
在天空飞来飞去，
将大风吹灭的星星，
一一点亮，
闪烁着迷人的光芒。

被点亮的月亮，
笑弯了腰。

十一

一粒粒土，团结起来，成大地；

一株株草，团结起来，成草原；

一棵棵树，团结起来，成森林；

一颗颗星星，团结起来，成星空。

伏羲以容纳江河的胸襟，

使他的部落日益壮大。

老巫师问：

"伏羲，跟上您走得够远了，

我们还要不停地向前走吗？"

伏羲说：

"水不走，就成了死水；

人不走，就成了死人。

我们只有向前走，踩出一条道路，

才能证明我们在这个世上来过。"

老巫师问：

"证明在这个世上来过，

有什么意义？"

伏羲说：

"要说没意义，便没意义，

要说有意义，便有意义，

看你怎么认为。

不管怎么说，作为人，

要通过不停地探求，寻找意义，

我们才有意义活下去。"

黑熊问：

"伟大的伏羲，您是我们的眼睛，

您要领着我们向哪儿走去？"

伏羲说：

"我说过，水比我们聪明，

我们要继续沿着河流的方向行走。

河流奔向的远方，

也是太阳冉冉升起的地方。

大家没有看到吗？

我们已挣脱了群山的束缚，

正一步步走向一眼望不到头的开阔！

我们蛇部落已褪掉蛇皮，

成了牛耳虎掌鱼鳞蛇身的飞龙。

人人血液里燃烧着龙的精神，

人人都是龙的传人，人人都是飞龙！"

伏羲说完话，

一条飞龙冲天而起，

身裹祥云迅如闪电，

眨眼之间飞入霄汉，

开拓出了天空的广阔和深邃。

气势磅礴的大秦岭，

绵延数千里的喜玛拉雅山脉，

奔流到海不复回的滔滔黄河，

一泻千里卷起千堆雪的长江，

都是飞龙留在华夏大地上的投影！

2010 年春初稿

2022 年立秋定稿

让神回到人，让人升华成神（代后记）

——《伏羲创世》创作谈

汪 渺

> 创世的第一滴圣水，
>
> 落足的地方，叫天水。

这是多年前，我脑海里突然闪出的两句诗。祖国大地上，有一个地方，让我爱得心疼，它就是羲皇故里——天水。自脑海里闪出那两句诗后，作为天水人，我就想写一部讴歌伏羲伟大创造精神的史诗。

"神的灵运行在水面上。神说：'要有光'，就有了光。神看见光是好的，就把光暗分开了。神称光为昼，称暗为夜……"这是《圣经》中的创世奇观。我不能再沿着《圣经》中神的创世方式写伏羲的创世。那么伏羲的创世内涵又是什么呢？思索良久，一日忽然顿悟：伏羲的创世并不是真正创造天地万物，而是为天地万物命名。在那洪荒的时代，第一个为太阳命名的人，就是将太阳挂上天空驱走人类认知黑暗的伟大智者。身体远比我们庞大的恐龙为何没有成为世界的主人，关键一点就是缺少为天地万物命名的智慧。万物有了名字，文化才有了源；

文化有了源，才能形成浩浩荡荡的文化长河。为天地命名，蕴含着人类神奇的创造精神。于是，我笔下的开篇，就是伏羲女娲为天地命名。至于伏羲的诸多发明——创历法、画八卦、教民渔猎、始造书契等，都是他创造精神的延续。

伏羲那么富有创造精神，其不竭的动力是什么呢？无疑是大爱。为了人类不被寒冷击倒，他智慧的眼睛才探到了树木内心深藏的火苗。说到大爱，不得不提与伏羲携手共创人类文明的伟大女性女娲。据记载，女娲人首蛇身，是伏羲的妻子，主要功绩是抟土造人。我想消解传说中的部分神话，让女娲回到本来面目。那么，女娲究竟是一位怎样的女性呢？"人首蛇身"引起我的思考：女娲的腰如蛇一样柔美，至于蛇身则是后人的想象，也与当时人们崇拜的蛇图腾有关。"抟土造人"，让我推测到女娲就是那个时代的妇科大夫，不孕的女人吃了她采的草药会有身孕，她的巧手还会让难产的女人顺利生下孩子。为什么造人用的是土呢？这与我们的黄皮肤有关，也与人们生于土归于土有关。于是，对女娲，我融入了自己的解读。

《伏羲创世》的创作中，我强化了人性，给伏羲女娲以血以肉，让他们从神回到人。在我眼里，伏羲女娲首先是人，于是就写他们的七情六欲、喜怒哀乐，用不少篇幅描写了两人炽热的爱情。在中国人的传统观念中，爱情是凡人的事，神是不谈情说爱的。没品尝过爱情甘露的神，还算神吗？连恋爱都不想谈的神，谈不上大爱。一个不尊重爱情的人，一定不会尊重人类；一个践踏爱情的人，一定会践踏生活。不少人失去梦想，走向庸俗，都是从践踏爱情开始的。《伏羲创世》虽然写的是伏羲女娲的爱情，但我坚信只要真正追求过爱情的人，从中会读到自己。不过伏羲女娲身上最辉煌的是照亮人类的大爱之光，这便是人性的升华，俩人也就由人升华成了神。

有的读者会问，《伏羲创世》为什么舍弃了一些精彩的传说呢？如"兄妹成亲""抟土造人"等。如果一味按传说写，没有取舍，就不会别开生面，也就不是真正意义上的创作。华夏民族，本来是多民族大融合，如果将伏羲女娲写成兄妹成亲，华夏民族就成了近亲繁殖，眼界就显得过于狭窄了。有时，为了诗意的表达，我故装糊涂，并没有遵从历史，比如对天水的命名等。

《伏羲创世》既有纯真的童话世界，又有现实的深刻感悟，诗歌的抒情象征、小说的叙述、话剧的独白兼融，显得多元、开放。这些都不是提前设计好的，而是写成后才发现的。

《伏羲创世》中的唱词，有二首改用了白马人的歌谣，觉得自然贴切，符合先民的口吻。其余唱词，都是我怀着纯真之心，独自创作，力求质朴、顺口，如果太雅，就失去了启蒙时代的本真。

伏羲、女娲活动的主要舞台，自然在大地湾。只有深厚的大地湾文明，才能印证伏羲、女娲的丰功伟绩。
多年前，我第一次走进大地湾，不由冒出了两句诗：

在这片神奇的土地上，

一脚会踩出八千年前的太阳。

《伏羲创世》开笔的那一天，我洗浴后，到伏羲庙拜了伏羲，才动笔写下第一行诗。一月后，拿出了三百多行的初稿。《伏羲创世》初稿，多年前在《飞天》（2010年第10期）发表了，但对它的再度创作仍没有停止，认为这是一部值得用心血持续打磨的作品。

创作冲刺阶段，我几度陷入绝境，想象力枯竭，看不见一丝亮光，差点崩溃。万行长诗《白马史诗》，写得非常顺畅，仅四年时间完成，而五千行的《伏羲创世》断断续续写了十二个春秋，煎熬的痛苦不亚于一场轰轰烈烈的生死恋。事后才明白，时间比我聪明，它让我一点点积攒火焰，一点点积攒智慧。火焰积攒够了，才有熊熊燃烧的诗句；智慧积攒够了，才配写人文始祖伏羲。

头顶三尺有神灵，神看着，我写着。有些章节不是写出来的，而是直接从血管里喷出来的。血管里喷出的诗，自带光华！我将自己的骨头当柴，将血当水，将心当人参，经过漫长的十二年时光，才熬出了《伏羲创世》。自信《伏羲创世》的文字干干净净，能对得起神的眼睛。

不得不提的是，王文东、苏骞等诸君在我修改作品的过程中，提了不少有益的意见，在此表示真诚的感谢！

相传，华胥踩大脚印怀伏羲，一怀孕就是十二年。

古代以十二年为一纪,故将其诞生地称为成纪(今天水)。《伏羲创世》创作正好也是十二年,算巧合吧。

我珍贵的十二年时光,哪儿去了?

去了《白马史诗》,去了《伏羲创世》。

2022 年立秋定稿于天水